The Womanizer

Der frühe Vogel fängt den Wurm

Sweet Memories

The Womanizer

Der frühe Vogel fängt den Wurm

Sweet Memories

Bibliografische Informationen der Deutschen Nationalbibliothek
Die Deutsche Nationalbibliothek verzeichnet diese Publikation in der
Deutschen Nationalbibliografie; detaillierte bibliografische Daten sind
im Internet über dnb.dnb.de abrufbar.

Printed in Germany

ISBN 978-3-7519-8008-1

Herstellung und Verlag: BoD – Books on Demand, Norderstedt

Der frühe Vogel fängt den Wurm

Sweet Memories

The Womanizer

Inhaltsverzeichnis

Der frühe Vogel fängt den Wurm

Wer ein Womanizer werden will, muss früh beginnen. Die Genetik und das Vorleben meines Vaters halfen mir, schon früh auf Mädchenjagd zu gehen. In diesem Special widme ich mich einigen meiner frühen Sex-Abenteuer. Ich stelle Euch Raliza vor, mit der ich meinen ersten Sex hatte. Sie hatte mehr Erfahrung als ich und wies mich perfekt in die Materie ein.

Die schüchterne Flavia wiederum weihte ich in die Sex-Kunst ein. Gleichzeitig genoss ich ein heißes Programm mit ihrer älteren Schwester Franziska. Während meiner Abiturzeit ließ ich es richtig krachen. Ich bumste meine bildhübsche Sportlehrerin Sarah, mit der ich auch viel Badminton spielte. Bei den Bayerischen Meisterschaften, die sie gewann, lernte ich Dorothea und Rebecca Hermine, 2 ihrer Konkurrentinnen, kennen. Beide legte ich flach.

Susanne, damals geile 18, wollte ich unbedingt haben. Doch sie machte es mir nicht leicht. Ich musste den Weg über die fette Chloe gehen. Aber es lohnte sich, denn danach war Susanne mein. Zu Studienbeginn zog ich in eine WG, dort war die süße Jasmin eine Mitbewohnerin. Aus einer engen und vertrauensvollen Bruder-und-Schwester-Beziehung wurde inniger Sex. In Irland war ich 14 Tage für ein Praktikum. Dort vögelte ich meine Kollegin Pippa, die unscheinbare aber sehr hilfsbereite Emma, und schließlich meine so sexy Teamleiterin Becky.

Auf dem Rock-Festival in Klam lernte ich die feierwütigen Mädels Natascha und Doreen kennen. Beide fanden mich geil. Ich fand beide geil. Es endete in einem flotten Dreier. Last but not least die Affäre mit Juli. Meine noble Nachbarin hasste mich zuerst, dann liebte sie mich. Ich besiegte ihre Orgasmus-Schwierigkeiten und erhielt dafür sagenhaften Sex.

Genießt die Auswahl meiner versexten Jugend. Ein Folgeband mit den spektakulärsten sexuellen Abenteuern kurz vor dem Zusammentreffen mit meiner heutigen Gattin Andrea, u.a. mit einigen Robinson-Highlights, ist bereits in Arbeit.

Euer Womanizer

Raliza

Meine erste richtige Freundin und das erste Girl, mit dem ich schlief, hieß Raliza, kurz Rali. Sie war damals gerade 14 Jahre alt, so wie ich. Wir waren in derselben Klasse und hatten gar nichts miteinander zu tun. Die Klasse war aufgesplittet in Jungs und Mädels. Die Jungs interessierten sich für Fußball, Alkohol und Mädels, die Mädels für Schmuck, Mode und Jungs. Rali war ein sehr unscheinbares Mädchen, das durch die Pubertät enorm an Ausstrahlung und Weiblichkeit gewann. Von Woche zu Woche wurde sie hübscher und übte mehr Anziehung auf mich aus. Schließlich war klar: Ich hatte mich in sie verliebt. Ich war 14 und hatte schon längst damit begonnen, meine Sexualität zu erforschen und zu genießen.

Selbstbefriedigung stand täglich auf meinem Plan. Dabei schaute ich mir gerne nackte, hübsche Frauen in diversen Zeitschriften an. Auch die „Bravo" war eine schöne Wichslektüre. Ich freute mich, meinen Penis wachsen und reifen zu sehen und war stolz auf meine schon damals kräftigen Samenergüsse.

Die meisten Mädels und Jungs in unserer Klasse waren mehr verspielt als reif und widmeten sich noch nicht so intensiv dem anderen Geschlecht. Raliza aber hatte ihre Weiblichkeit entdeckt und spielte mit ihren Reizen. Sie zog sich bauchfreie Tops an, hautenge Jeans, String-Tangas und schminkte sich geil.

Eines Tages nach Schulschluss wollte ich nach Hause, da hörte ich eine weibliche Stimme: „Warte mal, kannst Du mir helfen?" Ich drehte mich um: Es war Rali. Sie stürmte auf mich zu und bat mich, ihr bei Mathe zu helfen. Vor der anstehenden Klausur hatte sie Schiss und kaum gelernt:
„Ich verstehe die Zahlen einfach nicht. Kannst Du mir helfen, bitte?" Hilfsbereit willigte ich ein und wir verabredeten uns für den kommenden Nachmittag bei ihr. Ihre Mutter öffnete die Tür und hieß mich als den Retter ihrer Tochter willkommen. Raliza wartete in ihrem Zimmer auf mich. Ich legte meinen Ranzen ab und wir begannen die Lehrstunde. Raliza verfolgte aufmerksam meine Ausführungen und gab sich Mühe, alles zu verstehen.

Am Ende war die Hälfte hängen geblieben. Sie bedankte sich und drückte mir ein Dankeschön-Bussi auf meine Wange. Am Abend masturbierte ich zum ersten Mal mit Raliza in meinem Kopf. Ich stellte sie mir genau vor und kam heftig.

2 Tage später war ich erneut zur Lernsession geladen. Diesmal war Raliza allein zu Haus. Vater bei der Arbeit, Mutter bei einer Freundin. Rali hatte sich flott gemacht für mich. Sie trug ein enges Shirt und hatte keinen BH darunter, das konnte ich erkennen. Ihre steifen Brustwarzen ebenso. Sexy setzte sie sich aufs Bett und bat mich, neben ihr Platz zu nehmen. Okay. Ich fing an mit Mathe, doch das interessierte sie Motte. Sie hörte nicht zu, sondern fixierte mich. Das merkte ich und wurde immer unsicherer. „Was schaust Du mich so an?", stammelte ich sie. Da neigte sie sich vor und küsste mich zärtlich auf den Mund. Ich war perplex. Damit hatte ich nicht gerechnet.

Schnell kapierte ich was Sache war und küsste mit. Raliza hatte wohl schon Übung in dem, was sie tat. Sie konnte gut küssen, sofern ich das damals als unerfahrener Hans beurteilen konnte. Nun spürte ich ihre Hände an meiner Brust, also musste auch ich zugreifen und berührte unsicher ihre festen Titten.

Raliza stöhnte und drückte meine Hände fest gegen ihre Brüste. Das fühlte sich interessant an. Sie zog sich ihr Shirt aus und ich durfte nun richtig kneten. Dabei führte sie meine Hand und zeigte mir, wie sie es mochte. Für mich war das alles so aufregend, mein Penis war vollsteif und wollte Luft schnuppern. Rali konnte hellsehen, denn kurz darauf erfüllte sie meinem Prügel diesen Wunsch.

Wir legten uns auf ihr Bett und sie zog mir die Hose mit Unterhose aus. Als sie meinen Jung-Penis berührte, tanzten die Schmetterlinge den Liebeswalzer. Raliza war die erste Frau, das erste Mädchen überhaupt, das meinen Penis berührte. Gekonnt fing sie an, meine Vorhaut hoch und runter zu bewegen.

Es fühlte sich verdammt gut an, ihre süßen Fingerchen um meinen Penis zu spüren. Doch die Aufregung und der Druck waren zu groß für mich, und so kam ich bereits nach 2 Minuten sanftem Wichsen zu einem spritzigen Orgasmus. Raliza kicherte verstohlen und grinste mich verliebt an. „Und, hat es Dir gefallen?"

„Es war super!", frohlockte ich und konnte meinen ersten Sex mit einer Frau kaum fassen. Wir lernten noch ein wenig, dann ging ich, diesmal mit Abschiedskuss auf den Mund. Wieder 2 Tage später dasselbe: Raliza wartete auf mich und wir hatten freie Bude. Diesmal legten wir sofort los. Mathe interessierte uns einen Scheißdreck.

Raliza übernahm die Initiative und küsste mich auf das Bett. Dort zog sie mich aus, dann sich. Zum ersten Mal sah ich ein Mädchen in diesem Alter nackt. Unbeschreiblich schön war sie. Ralizas Körper glich dem einer Fee, ihre Rundungen waren mädchenhaft, ihre Haut jung und frisch. Schwarze Schamhaare verdeckten ihren Pforteneingang. Sie legte sich neben mich und wir begannen uns gegenseitig zu streicheln.

Auf einmal ergriff sie meine Hand und führte sie zu ihrem Schambereich. Zum ersten Mal durfte ich eine Clit streicheln. Rali führte meine Hand erfahren, sie wusste genau, was ihr gefiel. Schneller wurde meine Rubbelei, schneller und zielstrebiger. Ich lernte gut und arbeitete nun freihändig. Raliza schien es zu gefallen, sie hatte ihre Hand derweil auf meinen steifen Penis gelegt und massierte ihn sanft.

Plötzlich wurde sie unruhig und stöhnte lauter. Mir war klar, dass hier gerade etwas Besonderes passiert. Ihr Orgasmus war heftig und schön. Ich rubbelte so lange, bis sie meine Hand wegdrückte und sich von den Anstrengungen beruhigte. „Das war schön!", säuselte sie mir ins Ohr. „Das hast Du voll gut gemacht." Ich freute mich wie Samson.

„So, nun verwöhne ich Dich", lächelte mich Raliza süß an und widmete sich meinem Schwanz. Sie kniete sich zwischen meine Beine und wichste meinen Dude, zuerst mit einer Hand, dann mit beiden. Hammer! Ich starrte sie die ganze Zeit an, ihr Gesicht, ihr Lächeln, ihren Körper, ihre Brüste, ihre Muschi, dann kam ich. Mein Samen spritzte hoch und entlockte ihr ein „Hui!", dann „Oh mein Gott! Du kommst aber heftig!".

Glücklich sackte ich zusammen und schaute ihr zu, wie sie mit 2 Feuchtigkeitstüchern ihre Hände und Brüste von meinem Sperma befreite. Dann kuschelten wir. „Hat Dir schon mal ein Mädchen einen geblasen?", fragte sie mich. „Nein, noch nicht", antwortete ich noch neugieriger.

„Möchtest Du, dass ich es bei Dir mache?" Was für eine geniale Frage. Darauf gab es nur ein Ja zu antworten. „Gerne, wenn Du es machen möchtest." Rali nickte und zog mich hoch. Ich sollte mich hinstellen. Was hatte sie vor? Sie verschwand im Bad und kam mit einem Haargummi zurück. Mit diesem bändigte sie ihre lange, schwarze Mähne zum Rossschwanz und kniete sich vor mich. Mein Penis stand wie eine Eins und war bereit für den ersten Kontakt mit einem Mund.

Als sie meinen Penis küsste, hob ich ab. Ich blickte an mir herunter und sah, wie Rali behutsam meinen Penis in ihren kleinen Mund schob. Was sie dann machte, war der Wahnsinn! Ihre Zunge war geübt und umfuhr meine Penisspitze, während sie schön vor und zurück blies. Dieses Szenario war zu viel für mich, und nach nicht einmal 1 Minute kam ich in ihren Mund. Rali reagierte schnell und zog meinen Schwanz aus ihrem Rachen, sodass ich auf ihre Brüste und Beine kam. Schlucken wollte sie nicht, verständlich, mit 14.

So ging das weiter mit uns. Wir trafen uns regelmäßig und intensivierten unser Petting von Mal zu Mal. Ich genoss es, wenn sie mich oral verwöhnte. Mittlerweile hielt ich immerhin 3 Minuten durch, länger war unmöglich, so törnte sie mich an, wenn sie vor mir kniete und mich mit ihrem Mund befriedigte.

Eines Tages fragte sie: „Möchtest Du es auch mit dem Mund bei mir machen?" Ich war unsicher: „Du, ehrlich gesagt habe ich das noch nie gemacht, ich weiß nicht, wie das geht." „Du musst einfach lecken. So, wie Du ein Eis leckst, so leckst Du mich da unten, okay?" „Okay", stammelte ich und bereitete mich auf das erste Pussy-Lecken meines Lebens vor. Rali legte sich aufs Bett und öffnete ihre Beine. Ich kniete mich vor sie und senkte meinen Kopf. Je näher ich ihrer Scham kam, desto intensiver roch ich es. Das muss der Scheidensaft sein, dachte ich, und streckte meine Zunge aus.

Es war ein komisches Gefühl, Pussy zu lecken. Raliza gab mir gute Tipps, die ich erfolgreich in die Tat umsetzte. Ich war mir sicher, sie hatte so etwas schon mehrfach erlebt, sonst hätte sie mich nie so gut gesteuert. Je länger ich sie leckte, desto mehr Spaß hatte ich. Rali auch. Sie hatte ihre Augen geschlossen und konzentrierte sich auf ihren Höhepunkt.

Nun wurde es saftig. Lecker! Ich saugte brav zu Ende und legte mich wieder neben sie. Rali war glücklich und küsste mich fest. „Willst Du mit mir gehen?" Diese Frage verstand ich erst beim zweiten Anlauf. „Du meinst, ob ich Dein Freund sein mag?" „Ja", sagte sie. „Ja", sagte ich. Knutschkuss. Wir wurden ein Paar. Doch einfach war es nicht, denn Ralis Eltern durften unter keinen Umständen von uns erfahren. „Meine Mama würde mich umbringen, und Dich mit." Dieses Risiko war ich nicht bereit einzugehen. Mein Leben mit 14 enden zu lassen – niemals, viel zu früh! Also mussten wir es geheim halten. Zumindest auf dieser Seite. Auf der anderen befanden sich meine Eltern, die das viel lockerer sahen. Klar durfte ich Rali nach der Schule nach Hause bringen und mit ihr in meinem Zimmer verschwinden. Meine Mutter wusste, dass wir zusammen waren und ließ uns machen. Mein Daddy ebenso.

Der war sowieso kaum zu Hause, der trieb sich nach der Arbeit mit anderen Weibern herum. Wenn er mal da war, suchte er das Mann-zu-Mann-Gespräch und machte mir Mut, sie bald mal zu „knacken". Dass es da nichts mehr zu „knacken" gab, wusste er nicht, Rali hatte ihre Unschuld mit 13 verloren. So ein geiles Luder!

Ich genoss die Monate mit Raliza sehr. Der Sex mit ihr war toll. Ich liebte es, wenn sie mir einen runterholte oder mir einen blies, oft tat sie das mehrmals täglich, ich konnte nicht genug davon bekommen. Eines Tages wollte sie mehr: „Hast Du nicht Lust, mit mir zu schlafen?" Ich erstarrte – vor Angst, aber auch vor Geilheit. Natürlich hatte ich Lust, aber ich war unerfahren, hatte noch nie mit einer Scheide geschlafen. „Ja, schon", antwortete ich, „aber ich bin unsicher, es ist mein erstes Mal."

„Keine Sorge", beruhigte sie mich, „ich bin keine Jungfrau mehr, ich weiß, wie das geht. Leg Dich einfach hin und entspanne Dich." Ich gehorchte und ließ sie machen. Sie holte ein Kondom aus ihrem Schulranzen, packte es aus und streifte es mir über meinen Penis. Dann wichste sie, bis alle Beteiligten bereit für das große Event waren: Ficken! My first time! Sie kniete sich über mein Becken und ließ ihren schwarzen Busch langsam runter.

Mit ihrer rechten Hand ergriff sie meinen Dong und stöpselte ihn ein. Mann, fühlte sich das geil an! Langsam begann sie zu reiten. Ihre Brüste wippten, ich betrachtete das Schauspiel ganz genau. Hoch, runter, rein, raus ging das ganze 4 Minuten, dann explodierte ich. Mein Orgasmus war megaheftig und erfüllte mich mit den schönsten Glücksgefühlen, die ich bis damals je erlebt hatte.

Leider war dies der erste und letzte Geschlechtsverkehr, den wir miteinander hatten, denn noch am selben Abend erhielt meine Mutter einen fürchterlichen Anruf von Ralizas Vater, der von unserer Affäre Wind bekommen hatte und nun den Affen spielte. Rali wurde nach Hause beordert und uns jeglicher weiterer Umgang miteinander untersagt. Ralizas Vater tobte wie ein Berserker und drohte damit, persönlich vorbeizukommen, würde Rali jemals noch mal unser Haus betreten. Das war's. Ende.

Uns blieb nur noch die Schule, sonst stand Raliza unter ständiger Beobachtung. Wir waren traurig und verzweifelt, denn unsere Liebe stand unter keinem guten Stern mehr. Nach einigen Wochen des Leidens entschlossen wir uns, getrennte Wege zu gehen. Rali knutschte schon bald mit Fabian, ich mit Tanja.

Flavia; Franziska

Nach Rali folgten Kurzgeschichten mit Tanja und diversen anderen gleichaltrigen Mädels, die ich kannte oder kennenlernte. Eine war Flavia. Die 14-Jährige gefiel mir sehr. Schon während ich mit Rali zusammen war, hatte sie ein Auge auf mich geworfen. Flavia ging in die Parallelklasse und war sehr, sehr hübsch: Blond, lange Haare, eine Figur, die noch sehr mädchenhaft war, sich aber zur Frau hin entwickelte, schöne, gesunde Zähne und ein niedliches Lächeln. Irgendwann kamen wir ins Gespräch und ich witterte meine Chance. Es dauerte aber Wochen, bis ich sie zum ersten Mal küsste. Schnell merkte ich, dass Flavia sehr schüchtern war. Ich hätte schon längst Sex mit ihr gehabt, aber den musste ich mir verdienen. Mit anderen Mädels lief da schon schnell deutlich mehr. Knutschen, Handjob, Blasen, auch Ficken. Die lieferten ab. Die performten. Die wollten – so wie ich – Erfahrungen sammeln und nutzten jede gute Gelegenheit dazu.

Doch Flavia war anders. Ich wusste, dass ich ihr erster Freund war, und sie wollte erst prüfen, ob ich auch der Richtige für sie bin. Na gut, ich unterzog mich diesen Tests. Ich wollte sie unbedingt knacken, also enthielt ich mich ein wenig mit anderen Liebschaften und konzentrierte mich darauf, die Flavia schnellstmöglich ins Bett zu bekommen.

Aber das war leichter gesagt als getan. Ein Lichtblick war Franziska, Flavias ältere Schwester. Beide kamen aus einem zerrütteten Elternhaus. Vater hatte Mutter oft windelweich und blutig geschlagen, war starker Alkoholiker und ein absoluter Nichtsnutz. Irgendwann verließ er alle. Und sich selbst. Er brachte sich um. Traurig. Flavia und Franziska wohnten nun bei ihren Großeltern mütterlicherseits, die sehr lieb waren.

Die leibliche Mutter war in der Psychiatrie, Abteilung Schizophrenie gelandet. Arme Frau. Franziska hatte trotz ihrer jungen 21 Jahre bereits ein Kind: Den lebendigen Ferdinand (1). Vater unbekannt. Aber Franzi meisterte das Leben gut. Sie ließ sich zur Bankkauffrau ausbilden und hatte großes Glück, dass ihre Oma und ihr Opa viel auf den Kleinen aufpassten.

Auch Flavia ging echt liebevoll mit Ferdi um. Eines Tages würde auch sie eine gute Mutter werden. Franziska hatte wechselnde Liebschaften, ihre Typen waren bunt gemischt, sie ließ nichts anbrennen und hatte ihren Spaß.

Ich war oft bei Flavia zu Hause und kam ihr so von Mal zu Mal etwas näher. Ihre Großeltern mochten mich sehr, auch Franzi schaute mich immer sehr interessiert an und plauderte gerne mit mir. Mittlerweile war ich schon weitergekommen bei Flavia: Zusätzlich zum Knutschen gab sie mir nun jedes Mal einen oder mehrere Handjobs. Am Anfang tat sie dies sehr ungeschickt und unbeholfen, aber sie wurde immer besser.

Wir taten es immer in ihrem schmucken Zimmer. Flavia hatte ein gemütliches Bett und einige Kuscheltiere anwesend. Wir küssten uns, dann zog ich mir die Hose herunter und genoss es, wie sie mir – während ich stand, saß oder lag – einen runterholte. Sie behielt dabei ihre kompletten Klamotten oder zumindest ihre Unterwäsche an. Ich durfte Flavia weder nackt sehen noch intim berühren. Aber es war trotzdem immer geil.

Als ich sie das erste Mal oben ohne sah, jubilierte ich und kam auf ihre kleinen, aber festen Titten. Als ich sie das erste Mal unten ohne sah, kam ich schon nach 1 Minute Handarbeit. Ihr hellbraunes Büschel Schamhaare törnte mich dermaßen an. Ich drängte Flavia mehr und mehr zu einem Blowjob hin, aber da wehrte sie sich entschieden. Die Sommerferien standen an. Flavia und ihre Großeltern fuhren in den Schwarzwald, für 7 Tage. Mein Vater musste arbeiten, so fiel für uns ein sauberer Urlaub leider ins kalte Wasser.

Am zweiten Tag meiner Freizeit rief mich Franziska an und fragte, ob ich vorbeikommen wolle auf eine Coca Cola. Sie sei einsam und würde sich über meine Gesellschaft freuen. Ich kam. Franzi war für mich wie eine ältere Schwester, aber eine sexy ältere Schwester. Als ich klingelte, öffnete sie mit einem sehr speziellen Grinsen und drückte mich fest.

Ferdi schlief. Wir hockten uns auf die Couch und plauderten. Über das Leben. Franziska war sehr neugierig und wollte alles über Flavia und mich wissen. „Hattet Ihr schon Sex?" „So richtig noch nicht." „Bitte genauer." „Naja, wir knutschen und sie holt mir einen runter." „Na immerhin", grinste sie.

„Verwöhnst Du sie auch?" „Nein, wollte sie bisher noch nicht."
„Ich bin sicher, das kannst Du ziemlich gut", zwinkerte sie mir
zu. „Denke schon", zwinkerte ich zurück, „die Mädels bisher
haben sich nicht beschwert, im Gegenteil." Das Gespräch wurde
immer erotischer. „Hast Dir schon mal ein Mädel einen geblasen?" „Nicht nur eine", nickte ich. „Und hast Du schon mal mit
einer geschlafen?" „Nicht nur mit einer", nickte ich. „Na, dann
scheinst Du ja viel Erfahrung zu haben", meinte Franziska ein
wenig höhnisch, aber nicht boshaft.

„Ja, für meine erst 15 Lenze habe ich schon einiges erlebt", lächelte ich. „Auch das?", flötete Franziska, stand auf und
streifte ihr buntes Sommerkleid ab. Darunter trug sie nichts. Gar
nichts. Nichts. Vor mir stand eine horny 21-Jährige, die es auf
mich abgesehen hatte. Ich saß da mit offenen Augen und offenem Mund. Und betrachtete die Schönheit, die ich sah: Franzi
öffnete ihre Haare und sah aus wie eine Göttin.

Ihre Brüste waren mittelgroß und standen frisch, ihr
Bauch war verziert mit einer goldenen Hüftkette. Mein Blick
wanderte tiefer und sah eine haarlose Vagina. Rot lackierte Ze-
hen- und Fingernägel gefielen mir schon damals. Ihre braunen
Haare hingen ihr fast bis zum Po. Langsam drehte sie sich um
ihre eigene Achse, wie eine Schaufensterpuppe auf Strom.

Ich betrachtete die Schönheit aus allen 360 Graden und
brachte nur „Du bist ein Traum" heraus. „Und, hast Du so etwas
schon erlebt?", fragte sie. „Nein, noch nicht", pustete ich und
wurde immer nervöser, denn mir war klar, dass diese erfahrene,
21-jährige Franzi gleich Sex mit mir wollte. Mit mir, dem 15-
Jährigen. Ich hatte ein wenig Angst, ihr nicht gut genug zu sein,
aber neugierig war ich allemal, und offen für so etwas Reizvolles und Schönes ohnehin.

Franziska stolzierte die 2 Schritte auf mich zu und kniete sich vor mich. Sie nahm meine Hände und setzte sie an ihre
Brüste. Ich griff zu und streichelte ihre harten Warzen. Dann
öffnete sie meine Jeans und zog mir diese herunter. Dann meine
Unterhose. Dann küsste sie von meinem Bauchnabel ab tiefer,
um meinen Penis herum, die Hoden, dann endlich meinen schönen Schwanz. Franzi war sehr erfahren, das spürte ich sofort!
Sie wusste, was sie da tat.

Und ich wusste, dass das, was sie tat, mir sehr gefiel. Sie blickte hoch zu mir, mir tief in die Augen, dann senkte sie ihren Kopf und küsste meine Penisspitze. Zärtlich streichelte sie meine Eier und meinen Dong. Dann küsste sie den Schaft entlang, bis sie ihn im Mund hatte. Doch gerade, als sie mit ihrem Blowjob anfangen wollte, kam ich schon.

Ich überraschte Franzi damit, die kurz zuckte, dann aber gut blies und mich leersaugte. „Hey, ich habe noch nicht mal angefangen, da kommst Du schon!", lachte sie und wischte sich mit einem Handtuch mein Restsperma von ihren Lippen. „Sorry, aber das war gerade echt eine Nummer zu viel für mich."

„Ja, ist ein Unterschied, ob es ein junges Mädel macht oder eine junge Frau, die schon Ahnung von Sex und Männern hat, gell?" „In der Tat", stöhnte ich. „Wirklich schade, dass ich nicht mehr vom Blowjob gehabt habe."

„Keine Sorge, Du bekommst gleich noch einen", grinste sie. „Bis dahin kannst Du mir zeigen, was Du bisher von Frauen weißt. Sollte es Dir gelingen, mich zum Orgasmus zu bringen, bekommst Du von mir noch mehr als einen Blowjob." Das war Einladung und Herausforderung genug für mich, es ihr zu zeigen. Franzi führte mich in ihr Zimmer und legte sich nackt aufs Bett. „So, dann zeig mal, was Du kannst."

Ich zog mich schnell aus und kroch zu ihr. Schon der junge Womanizer wusste, was Frauen gefällt. Zuerst küsste ich sie, intensiv mit Zunge, dann legte ich mich auf sie und rutschte küssend immer tiefer, bis ich ihre Nippel im Mund hatte. Dann tiefer über ihren Bauch bis zu ihrer Pussy. Die streichelte ich zärtlich mit meinen 10 Fingern. Das gefiel Franzi. Ihre beiden Paare Schamlippen waren in meiner Obhut, jetzt musste ich nur noch ihren Kitzler finden. Ich kramte etwas … da war er! Miniklein, aber größer werdend. Nun begann ich diesen zu lecken.

Franziska genoss meine Liebkosungen und stöhnte laut. „Alter, mit 15 schon so etwas derart drauf zu haben, das ist echt krank", flüsterte sie verstört, doch voll geil. Immer intensiver wurden meine Zungen- und Fingerspiele, bis ich mein Ziel erreicht hatte: Ihren Höhepunkt! Franzi schrie laut und vibrierte am ganzen Körper. Ich schmeckte ihren gut riechenden Muschi-Saft und leckte immer weiter, bis sie meinte:

„Oh Mann, das war heftig. Jetzt brauche ich eine Pause. Hör bitte kurz auf, da unten bin ich jetzt sehr sensitiv." Ich gehorchte und freute mich wie Oskar, der Gute. Franzi schnaufte aus, streckte sich, und sagte dann: „Also, ich muss zugeben, ich habe Dich unterschätzt. Ich dachte schon, dass Du einiges drauf hast, aber gleich so, das ist crazy. Da verpasst Flavia aber allerhand, die blöde Kuh. Und Du, Du bekommst jetzt Deine Belohnung. Leg Dich hin."

Ich gehorchte erneut und schaute zu, wie sich Franziska die Haare zum niedlichen Zopf band und sich wieder mit voller Aufmerksamkeit meinem Penis widmete. So richtig steif wichsen musste sie ihn nicht, das war er schon längst. Erneut küsste sie ihn, bevor sie ihn in den Mund nahm und mit ihrem Blowjob startete. Ich schaute zu, wie sie arbeitete, wie mein Penis immer wieder in ihrem Mund verschwand. Die Frau wusste, was Blasen ist und wie das verdammt noch mal geht.

Ihre rechte Hand hielt dabei meinen Schaft und fuhr mit der Kopfbewegung mit rauf und runter. Ihr Grip war genau richtig: Fest, aber nicht zu fest. Schon spürte ich das Unglück kommen. Nicht mal 3 Minuten waren vergangen, da überschritt ich meinen point of no blowing return und kam. „Lass mich sehen", stöhnte ich, dann spritzte ich. Ladung 1 schoss in ihren Mund, die Ladungen 2 bis 10 wichste sie mit der Hand heraus.

Ich konnte alles sehen. Es sah geil aus! Franziska strahlte und meinte stolz: „Player, Du schießt ab wie eine Rakete." Sie küsste mich und legte sich zu mir. Dann sprachen wir über das Geschehene und entschieden uns, nichts davon der kleinen Flavia zu erzählen. Nach einer halbe Stunde wurde ich wieder geil, doch ich hatte mich mit einem Kumpel zum Kickern verabredet und musste weg.

„Wenn Du morgen wieder zu mir kommst, dann erhältst Du das Mehr, dass ich Dir als Belohnung für meinen Orgasmus versprochen habe." Tags darauf kam ich, aber sowas von! Am Nachmittag klingelte ich bei Franzi. Sie öffnete sexy in red Hot Pants und engem T-Shirt mit der Rolling-Stones-Zunge. Ihre 1,70 m und 53 kg wusste sie perfekt in Szene zu setzen. Ihre Beine sahen so schön aus: Haarfrei, faltenfrei, braun gebrannt. „Komm schon rein, Player", lud sie mich ein.

Während der C. Cola fragte ich sie: „Was ist mein Geschenk?" „Das bin ich!", lächelte sie. „Konkreter bitte." „Du darfst mit mir schlafen." „Wow", stammelte ich und freute mich. „Folgendes: Wenn Du mir nochmal einen Orgasmus machen kannst, dann darfst Du mich in allen Positionen ficken, die Du magst. Wenn Du es nicht schaffst, dann wirst Du passiv bleiben und ich reite Dich." „Ich will aber, dass Du mich reitest", war meine Antwort. „Ja, das passiert auf jeden Fall.

Aber wenn Du mir nochmal so ein geiles Highlight wie gestern machst, darfst Du zusätzlich alle anderen Stellungen mit mir machen: Missionar, Doggy, Löffelchen und so." „Ich werde mein Bestes tun", nickte ich. „Gut, lass uns rübergehen", grinste sie geil und zog mich mit. Während sie sich auszog, zog ich mich aus. Da standen wir uns gegenüber, so, wie Gott Adam und Eva sowie uns geschaffen hatte. Mein Ständer drückte in ihren Bauchnabel. Wir küssten uns, dann knutschten wir uns. Franziska legte sich hin, und ich versuchte mein Glück, sie erneut zum Orgasmus zu bringen.

Ich streichelte und küsste ihren ganzen Körper, bis ich an meinem Ziel angekommen war: Ihrer Möse. Mann, roch die gut! Nach Lavendel- und Rosencreme. Dann leckte ich los. Die Franzi hatte ihre Augen geschlossen und ließ sich gehen. Ich bearbeitete ihren Kitzler sehr direkt. Nach 10 Minuten Oralsex sah ich, wie Franzi ihre Hände zu Fäusten ballte, und spürte schon die heftigen Kontraktionen ihres Körpers.

Franzi kam noch heftiger als Tags davor. Ich leckte und saugte so lange, bis sie mich sanft wegdrückte. „Alter, Du hast es drauf! Die Jungs in meinem Alter und älter könnten was lernen von Dir. Also, dass die Flavia sich das entgehen lässt. Armes Ding. Kannst Du es nochmal machen?" „Klar", hauchte ich und wollte wieder loslegen, doch sie hatte andere Pläne.

„Leg Dich mal hin", kommandierte Franzi mich nach unten. „Wir machen das anders." Ich legte mich auf den Rücken und sah zu, wie sie auf mich drauf krabbelte und in die 69 ging. Das hatte ich damals erst zweimal erlebt. Franzi kniete über mir und hielt mir ihren Po ins Gesicht. Ich musterte alles, was ich sah, ganz genau. Bevor ich beginnen konnte, ihre Muschi zu stimulieren, stimulierte sie meinen Schwanz.

Ich spürte ihre linke Hand um ihn, dann ihren warmen Mund um ihn. Es war fantastisch! Am liebsten hätte ich nur genossen, aber ich hatte auch eine Aufgabe zu erfüllen. Also leckte und saugte ich Franziskas Clit so lange, bis sie bebend auf mir ihren zweiten Höhepunkt des Tages bekam. Als sie kam, kam auch ich. Brutal polterte ich über die Ziellinie und stöhnte meine Lust in ihre roten Schamlippen hinein.

Sie beendete es oral, schluckte meinen halben Saft und ließ die andere Hälfte heraustropfen. Als Franziska von mir abstieg, sagte sie: „Also, Player, den Fick gleich hast Du Dir aber sowas von verdient." Das freute mich. Nach einer halben Stunde Quatschen hielt sie erneut meinen Penis in der Hand. „So, jetzt bekommst Du Deine Belohnung. Leg Dich hin und relaxe." Sie holte ein rotes Kondom aus ihrer Schublade und streifte es meinem halb erigierten Helden über.

1 Minute später war er voll erigiert. 2 Min. später war er in ihr. Franzi war eine leidenschaftliche Reiterin. Sie wollte mich komplett in ihr spüren und ritt nicht nur hoch und runter, auch vor und zurück. So geil war ich damals noch von keiner geritten worden! Dann stieg sie ab: „Jetzt darfst Du." Ich entschied mich, sie von hinten zu nehmen. Als Hundeköter fickte ich sie zuerst langsam, dann schnell. Dann wollte ich den Missionar spielen und das Löffelchen ausprobieren. Doch die Zeit lief gegen mich, denn mein Orgasmus näherte sich.

Diesen wollte ich rittlings bekommen. Sie wieder auf mich, und ab ging die Post! Zügig rodeonierte sie mich mit all ihrer Sinnlichkeit zu einem Wahnsinnsorgasmus. Ich dankte der Schönheit für dieses Erlebnis und hatte noch bis zur Rückkehr Flavias mehrfach Sex mit dieser Traumfrau.

Mein nächstes Treffen mit Flavia war genial: Sie ging mächtig in die Offensive und ich durfte sie zum ersten Mal mit Händen und Mund befriedigen. Flavia kam wie vom Blitz getroffen. Sie keuchte ihre Lust in ein Kissen, sonst hätten es wohl alle Hausbewohner gehört. Auch sie wurde oral aktiv und blies mir zum ersten Mal einen. Zwar noch ungeschickt, aber ein Fortschritt. Bevor ich kam, gab ich Flavia Bescheid, sie wichste zu Ende. Schlucken tun halt nicht alle Mädels mit 14. Als ich ging, zwinkerte mir Franzi vielsagend zu.

Mir war klar, dass sie ein Wörtchen mit ihrer jüngeren Schwester gesprochen hatte. Im Sinne von: „Hey, der Typ ist voll in Ordnung. Halte ihn nicht länger hin, sondern gib ihm mehr und lass ihn ran. Sonst sucht er sich eine andere, die ihm das gibt. Genug Auswahl hat er ja, der Player."

Nachdem ihre Blowjobs immer besser wurden, entjungferte ich Flavia zu ihrem 15. Geburtstag. Der Fick mit ihr war zwar kurz, aber schön. Als sie dann aber anfing zu klammern, löste ich mich ein paar Wochen später von ihr. Eine feste Beziehung war damals nichts für mich. Ich wollte frei sein wie ein Vogel. Viele weitere Mösen kennenlernen und beglücken. Meine Trennung von Flavia nahm mir Franziska zuerst übel, doch dann trafen wir uns und sprachen uns aus. Klar hatte ich ihre Schwester verletzt, aber andererseits hatte sie auch Verständnis für mich. Wir fickten noch ein paar Mal, dann schied auch Franziska aus meinem Leben.

Sarah; Dorothea; Rebecca Hermine

Ich war 19 und auf dem Weg, mein 1er-Abitur zu machen. Damals gab es noch Unterricht bis in die 13. Klasse. Von 11 zur 12 wechselte ich das Gymnasium, da ich mit einigen Lehrern und deren Leistung nicht einverstanden war. Siehe da: Innerhalb nur eines halben Jahres verbesserte sich mein Notenschnitt um 15 Noten von einem Halbjahresschnitt von 3,8 auf 2,3. Das neue Gymnasium war ein Mädchen-Gymnasium, das erstmalig nun für Jungs die Türen öffnete. Wir waren in der 12.1 70 Mädchen und 6 Jungs. Geil! Was glaubt Ihr, wie ich damals rumgevögelt habe! Die Girls waren hier auch hübscher und geiler. Die Lehrer jünger, frischer, freundlicher. Hier machte das Arbeiten und Lernen Spaß. So kam ich auch noch auf ein 1er-Abi: 1,8 kann sich sehen lassen, oder?

In der 13.1 bekamen wir eine neue Sportlehrerin: Frau Müller. Für uns war sie die Sarah. Wir durften sie duzen. Wie fast alle Lehrerinnen und Lehrer in der Oberstufe. Sarah war 25 und in ihrem ersten Lehrjahr. Sie sah aus wie Heidi Klum Mitte 20. Unfassbar schön. Sie war knapp 1,80 m, fast so groß wie ich. Schlank, sexy, trainiert. Sie war der Traum von uns 5 Jungs. Christoph hatte es nicht geschafft und fiel nach der 12 raus.

Sarah war offen uns allen gegenüber, und beliebt. Wir Jungs fantasierten über Sex mit ihr, doch realistisch war das nicht. Sie war als Lehrerin zu weit weg. Außerdem hatte sie einen Freund. Ich war und bin ein Sport-Freak und freute mich immer auf die Doppelstunden. Nicht nur, weil ich Sport liebte, auch, weil ich hier die schönen Teenie-Körper meiner Schulkolleginnen bestaunen konnte. 18 Mitschülerinnen (von den knapp 70) waren es, die ich in diesen 2 Jahren ins Bett bekam.

Sarah gab sich stets sportlich und leicht bekleidet, was mir gefiel. Ihre Beine waren lang und schön, ihre Brüste mittelgroß, ihre langen, braunen Haare glitzerten im Rossschwanz. Sie war Sportlerin durch und durch und spielte immer mit. Im Basketball konnte ich sie in Manndeckung nehmen und betatschen. Es war Teil dieses körperbetonten Spiels. Sie war eine erstklassige Badminton-Spielerin und Vereinsmeisterin.

Badminton konnte ich auch erstaunlich gut und war der Beste des Jahrganges. Sarah motivierte mich, Turniere zu spielen, die ich meist gewann. Badminton war eine unserer Hauptsportarten, und gerne fetzten Sarah und ich uns die Bälle zu. Eines Nachmittags, als wir fertig waren und alle gingen, sprach sie mich an: „Ich nehme an den Bayerischen Meisterschaften teil, die will ich gewinnen. Ich suche einen starken Trainingspartner, da meiner verletzt ist. Hast Du Lust?" Klar hatte ich! So kam es, dass wir uns zweimal wöchentlich abends in der Sporthalle trafen und gegeneinander spielten. Sarah gewann alle Matches, aber ich wurde von Mal zu Mal besser, bis ich sie besiegte. Unser Umgang miteinander wurde offener. Nach dem Training duschte sie in der Kabine und zog sich vor meinen Augen schamlos nackt aus, ehe sie in der Duschecke verschwand.

Das konnte ich auch. Eines Abends zog ich mich ebenso aus und duschte ihr gegenüber. Sie betrachtete mich und lächelte. Ihr Anblick war eine Eins. Mein Penis wurde steif. Ihr Körper war jung und faltenfrei, ihre Möse hatte einen senkrechten, dunkelbraunen Schamhaarstrich. Weiter traute ich mich aber nicht ran. Heute wäre ich über sie hergefallen. In 8 Wochen waren die letzten Prüfungen und ich war traurig, Sarah dann nicht mehr zu sehen. In 9 Wochen fanden ihre Meisterschaften statt.

Ich lernte fleißig und absolvierte meine finalen Prüfungen erfolgreich. Die Trainingseinheiten mit Sarah verschärften sich, sie gewann ihre beste Form, aber ich hielt dagegen. Mal gewann sie, mal ich. Ich war ihr ebenbürtig. Im Anschluss durfte ich jedes Mal ihren Traumkörper unter der Dusche bestaunen. Sie zog bewusst eine heiße Show ab, um mich geil zu machen. Erotisch räkelte sie sich unter der Brause und präsentierte mir ihren knackigen Hintern und ihre Top-Brüste mit Frontansicht des Landestreifens. Ich duschte eiskalt, um mir einen Steifen zu unterbinden.

Als sie einmal Shampoo und Duschgel vergessen hatte, kam sie auf mich zu: „Darf ich Deine benutzen?" „Bediene Dich", lud ich sie ein, Mango für den Körper und Minze für die Haare auszuprobieren. „Iiiiihhh, das ist ja eiskalt!", schrie sie, als sie in meinen Wasserstrahl geriet, und sprang 2 Schritte zurück. „Warum duscht Du eiskalt?"

„Weil ich sonst bei Deiner Schönheit mit einem Steifen da stehen würde", antwortete ich. Sarah musste laut lachen und stieg wieder unter ihre Dusche. Von der Seite blickte sie mich geil an. Der letzte Sportunterricht war beendet, schön war die Zeit gewesen. Frau Müller war nicht mehr meine Lehrerin, nur noch meine Spielpartnerin. Noch 2 Trainings-Sessions, dann standen die Meisterschaften in Augsburg an. „Ich würde mich freuen, wenn Du mich begleiten würdest. Zum Einspielen und als Trainer. Du kennst mein Spiel und wärst mir eine wichtige Stütze", lud sie mich ein, ihr näher zu kommen.

„Gerne", lächelte der junge Womanizer. Sarah buchte für mich auf eigene Kosten ein Zimmer im Spielerinnen-Hotel. Das Turnier dauerte 4 Tage, Mittwoch bis Samstag, Sarah hatte noch die Nacht auf Sonntag für uns mitgebucht, da das Finale auf Samstag 20 Uhr angesetzt war und sie hoffte, dieses bestreiten zu dürfen. In der Gruppenphase an Tag 1 musste sie von 3 Spielen 2 gewinnen, um weiterzukommen. Schaffte sie. Sie gewann alle 3. Abends gemütlich plaudern, früh schlafen.

An Tag 2 stand spätvormittags das Achtelfinale an. Das gewann sie locker. Das Viertelfinale am hinteren Nachmittag ging über die volle Distanz, mit Müh und Not zog Sarah in die Vorschlussrunde ein. Abends ausruhen, Sauna. Ich genoss den Anblick nicht nur Sarahs Traumkörper, sondern auch derer einer anderer Spielerinnen. Unter ihnen die 24-jährige Dorothea, die alle Doro nannten. Sie war leider im Viertelfinale gescheitert, blieb aber mit ihrer Trainerin bis zum Ende des Turniers im Hotel. Ich hatte sie in ihrem Match beobachtet, sie war sexy auf dem Court … auch in der Sauna.

Doro hatte dieselbe Statur wie Sarah: Selbe Größe, selbes Gewicht, selbe Titten. Sogar der Schamhaarstrich war identisch, nur, dass Sarahs dunkelbraun war und Doros blond, genauso wie ihre schwedisch aussehenden, langen, blonden Haare. Doro hatte mich längst entdeckt und ins Visier genommen. Sie schien Interesse an mir zu haben. Müde verabschiedete sich Sarah ins Bett, ich blieb. Ich suchte mir im Ruheraum 2 Liegen nebeneinander aus, auf der einen nahm ich Platz. 5 Min. später lag Doro neben mir. Der blonde Hase hatte mich gefunden. Wir kamen ins Gespräch.

Doro machte Augen, als ich ihr erzählte, dass Sara meine ehemalige Lehrerin sei und ich ihr Trainingspartner. „Und Ihr habt was miteinander …", grinste mich Doro an. „Nein, sie ist, äh, war meine Lehrerin. Da lief nichts. Wir haben nur trainiert." „Das kannst Du Deiner Mutter erzählen. Die steht doch voll auf Dich." „Die hat einen Freund", konterte ich. „Na und?", antwortete Doro. „Trotzdem steht sie auf Dich, das sieht jeder." Wir quatschten übers Spiel, bis ich müde wurde und ihr von meinem Plan, ins Bett zu gehen, erzählte. „Du poppst echt nicht mit ihr", fiel es Dorothea wie Schuppen von den Augen. „Nein, habe ich Dir doch gesagt", bestätigte ich. „Dann bist Du noch frei?" „Wie meinst Du das?" „Du solltest mich trösten ob meiner Niederlage heute. Ich könnte Gesellschaft gebrauchen." Dabei zwinkerte sie mir süß zu. Ich wusste, was das beutete: Eine Einladung auf einen Fick. „Ich tröste Dich gerne mit einer schönen Relax-Massage, wenn Du magst", schlug ich ihr vor. „Das wäre toll!", sprang sie auf und zog mich hinterher. 4 Minuten später waren wir in ihrem Zimmer. Ihr Bademantel fiel. Was sich darunter befand, kannte ich ja schon, vom Sehen. Nun durfte ich es spüren. Doro lag auf dem Bauch und präsentierte mir ihre Schönheit. Eine perfekte Silhouette befand sich vor mir. Wie konnte dieser traumhafte Körper einem anderen unterlegen sein, fragte ich mich. Arme Maus, ihre Niederlage auf dem Court wandelte ich in einen Sieg im Bett um.

Mit Lotion cremte ich Doros Rückseite ein und knetete sie durch. Doro stöhnte vor sich hin, immer wieder huschte ein „Ist das schön" oder „Ja, das tut gut" aus ihrem Mund. Ich gab mir große Mühe, ihr ein erstklassiges Massageerlebnis zu bereiten. Nun waren ihr Po und ihre Oberschenkel dran. Bereitwillig öffnete Doro ihre Beine. Ich verwöhnte jeden Millimeter ihrer Haut, bis ich gefährlich nahe an ihre wichtigen Öffnungen kam. Als ich ihr über ihren After fuhr, atmete sie fast das Bett weg. Ein wenig tiefer, jetzt spürte ich ihre Schamlippen. Das Bett hob fast ab. Ihre Hände waren ins Kissen gekrallt. Ich ließ mir alle Zeit, um sie wahnsinnig zu machen. Endlich drehte sie sich um und strahlte: „Jetzt vorne!" Ich wanderte von ihrem Hals tiefer zu ihren erstklassigen Brüsten. Selbiges schweres Geatme wie zuvor.

Tiefer über Bauch und Hüften zu den Oberschenkeln. Ihre Hände krallten sich am Laken fest. Dann strich ich ihr sanft den Venushügel entlang und landete auf dem Strich. Nun waren alle Dämme gebrochen und sie zog mich zu sich. Doro küsste echt gut. Ganz lange, langsame, dafür krass intensive Küsse hatte sie drauf. Mein Penis drückte hart in ihren trainierten Bauch. Ich war mächtig erregt und durfte gleich ran, denn schon hielt sie mir ein Gummi vor. Sie zog es mir über und zog mir noch einen vibrierenden Penisring drauf. Kannte ich mit 19 noch nicht, war aber geil. Ich fickte Doro hart und beherzt, in meinem jugendlichen Elan. Sie war Sportlerin durch und durch und wollte auch hier volle Power gehen.

Die bekam sie von mir. Von vorne, von hinten, von der Seite. Ich rammelte mir einen ab, bis ich nervös wurde. Das spürte sie und drückte mich weg. „Runter mit dem Ding", zog sie mir das Kondom aus und wollte, dass ich mich hinstelle. Sie kniete sich vor mich und nahm ihn in den Mund. Ein genialer Blowjob, der allerdings nicht länger als 60 Sekunden dauerte, brachte es zu Ende. Als ich kam, zog sie ihn aus ihrem Mund und wichste alles auf ihre Brüste.

Ich jubelte. Nach der Anstrengung musste ich mich ausruhen. „Jetzt massiere ich Dich", grinste sie und gab mir eine Verwöhn-Massage. Ihre Hände waren kräftig und schenkten mir wohlige Momente. Sie nahm sich viel Zeit für meine Rückseite, doch als ich mich umdrehen sollte, stand er wieder wie der Eifelturm. Dorothea gefiel das sehr. Diesmal stand nicht Ficken auf dem Programm, auch nicht Blasen, sondern ein guter Handjob. Dieser war genial! Sie räkelte sich vor mir, während sie zuerst ganz langsam meine Vorhaut und Eier liebkoste, dann endlich ins Wichsen kam.

Dieser Handjob war allererste Sahne. Dorothea war eine Handjob-Expertin. Sie zögerte meinen Orgasmus 20 Minuten hinaus. Doch dann kam ich ungeheuerlich. Meine Sahne schoss hinaus und entlockte Doro mehrere „Ui"s. Dabei grinste sie wie ein Honigkuchenpferd. So glücklich schlief ich mit ihr ein. Am nächsten Morgen frühstückte ich mit Sarah. „Wo warst Du gestern Nacht eigentlich?", fragte sie mich.

„Warum?" „Weil Du nicht auf Deinem Zimmer warst, ich habe mehrfach geklopft." „Ich habe die Nacht mit Doro verbracht", antwortete ich. „Aha", schluckte sie, „schade, eigentlich wollte ich die Nacht mit Dir verbringen." Wahnsinn! „Reservierst Du die heutige Nacht für mich?" „Klar, sehr gerne, Sarah." So ein Luder! Zuhause in einer festen Beziehung und dann mit ihrem ehemaligen Schüler poppen wollen. So sind Frauen halt.

Sollte mir recht sein, dann würde sich dieser Traum von mir erfüllen. „Seitdem wir trainieren, träume ich davon", flüsterte ich ihr zu. „Wovon?" „Sex mit Dir zu haben." Sie freute sich wie Helene. „Ja, das habe ich gemerkt, Deine Blicke waren eindeutig. Allerdings, das muss ich zugeben, träume ich ebenso davon. Schon seit den ersten Sportstunden." Wow!

Sarah flirtete nun offensiv mit mir, doch meinte, unser Erlebnis müsse noch warten, da zuerst ihr Halbfinale zu regeln sei. Wir trainierten, relaxten, sie schlief 2 Stunden, ich fickte derweil Doro ein letztes Mal, dann stand um 18:15 Uhr Sarahs wichtiges Spiel an. Hochmotiviert und in Topform startete sie durch und lag schnell vorne. Doch ihre Gegnerin, eine Laticia, fightete zurück. Mit ihrer Routine konnte Sarah die besseren Bälle spielen und bezwang ihre Opponentin im entscheidenden Satz. Jubel, Finale! Sarah war überglücklich und umarmte mich fest. Nach dem Essen kurz in den Relax-Pool mit Sauna, dann in ihr Zimmer.

Endlich war der Moment gekommen, meine Ex-Lehrerin zu vögeln. Nackt stolzierte sie auf mich zu und riss mir meinen Bademantel vom Leib. Dann fickten wir uns dumm und dämlich. Sex pur. Leidenschaft. Ekstase. Sarah war sexuell sehr erfahren und zeigte mir alle Varianten der Fickkunst. Im Rausch fickte ich sie, fickte sie mich, fickten wir uns gegenseitig. Ich war eine Maschine und so im Tunnel, dass ich meinen Orgasmus zurückhalten konnte, da ich mich voll konzentrierte. Sarah war laut und stürmisch, ja, so brauchte sie es.

Ich knallte ihre Pussy hart und nahm sie männlich ran. Das gefiel ihr. Ihre hellbraunen Haare wehten durch den Raum, die Luft roch nach Moschus, unser Schweiß tropfte aufs Bett. Im Stehen, im Liegen, im Sitzen, von vorne, von hinten – über 1 Stunde machten wir alles miteinander.

Irgendwann musste ich kommen. Ich wollte, dass sie mich dabei ritt, also begaben wir uns in die finale, die Reiterposition. Sarahs Körper auf mir war wunderschön, Sinnlichkeit spritzte aus ihren Augen. Vereint ritt sie mich, bis ich ausstöhnte und mein Sperma ins Kondom abschoss. Es war eine Erlösung sondergleichen. Sarah ritt aus und legte sich auf mich.

Erschöpft atmeten wir uns 10 Minuten lang an, bis wir zu Wort kamen. „Erstaunlich, welche Energie noch in Dir steckt nach dem Match", lobte ich sie. „Ja, das war ein geiler Fick. Mit meinem Freund geht das nicht mehr, er ist immer so müde am Abend." So ein Schlappschwanz, dachte ich. „Wie war es für Dich?", wollte sie wissen. „So geil, dass ich heute Nacht nochmal will", antwortete ich. Sie grinste. Sie streichelte gefühlte stundenlang liebevoll meinen Körper, bis er wieder steif war.

„Jetzt verwöhne ich Dich", hauchte sie und nahm ihn in den Mund. Meine Ex-Lehrerin konnte genauso gut blasen wie ficken. Ihre Lippen passten perfekt um meinen Dong und saugten ihn geil. „Darf ich filmen?", fragte ich sie plötzlich. „Als Erinnerung." Sarah zögerte, doch als Dankeschön für mein Training, wie ich es ihr als Entscheidungshilfe verklickerte, musste sie Ja sagen. „Okay, aber versprich mir, dass Du damit keinen Schabernack treibst. Ich habe Job und Beziehung zu verlieren."

„Du kannst Dich hundertprozentig auf mich verlassen. Ich verspreche es. Es ist nur für mich, als wunderschöne Erinnerung an diesen geilen Abend mit Dir." Ich zückte meine Digitalkamera und drückte auf Rekord. Aus der POV-Perspektive sind solche Aufnahmen am geilsten. Sarah sah aus wie eine Göttin. Sie war eine Göttin! Ihr gefiel das Kameraspiel, sie ließ sich Zeit mit dem Job und kokettierte mit der Linse. Porno!

Als ich nervöser wurde, fragte sie mich: „Wie magst Du kommen?" „In Deinen Mund. So, dass der erste Spritzer in Deinen Mund geht. Dann machst Du mit der Hand weiter und züngelst an der Eichel. Nach dem 6. oder 7. Spritzer nimmst Du ihn in den Mund und lutscht zu Ende. Das ist für so eine Aufnahme am geilsten." Meine klaren Anweisungen entlockten ihr einen überraschten Blick, doch sie war gewillt, alles so zu erledigen, damit ich glücklich war. 1:1 finishte sie mich so, wie ich es vorgegeben hatte: Ihr Mund blies unglaublich gut, dann kam ich.

Geil machte sie mit der Hand weiter, während mein Samen hoch hinaus flog und sie im Gesicht erwischte. Dann lutschte sie weiter und schaute erotisch in die Kamera. Ihre Hand um meinen Penis sah richtig groß aus, war sie auch, sie hatte lange Finger, und mein Penis sah darin eher wie 11 cm statt wie die tatsächlichen 15 aus.

Als ich leer war, stoppte ich die Aufnahme. „Lass sehen", forderte sie ihr Recht auf Beobachtungsfreiheit. So schauten wir gemeinsam den Porno. Dabei wurde Sarah so geil, dass sie meine Hand in ihren Schoss presste und mit mir ihre Klitoris rubbelte. Gebannt schaute sie sich beim Blowjob zu und rubbelte wilder. Mein Zeigefinger war fast schon in ihr, so quetschte sie ihn an ihre Clit. Kreischend kam sie. Aber sie hatte noch nicht genug. „Mach weiter!", bettelte sie. Während sie weiter schaute, rutschte ich runter und schmeckte Sarahs Pussy-Saft. Schon damals war ich ein sehr guter Lecker und züngelte sie in eine andere Welt. Ich hatte sie kurz vor dem Beben, wollte ihr dieses aber dann schenken, wenn ich in ihren Mund kam. Als ich mich auf der Kamera stöhnen hörte, leckte ich sie über die Grenze zu einem Wahnsinns-Höhepunkt. Sarahs Körper bäumte sich auf, doch ich ließ mich nicht abschütteln und leckte sie konsequent zu Ende. „Wie geil war das!", kuschelte sie sich an mich und wir schliefen kurz drauf ein.

Am nächsten Morgen ritt sie mich wach. Danach frühstücken, trainieren, erholen. Ich massierte sie zu 2 handgemachten plus 2 mundgemachten Orgasmen. Sie blies mich zu einem mund- und handgemachten Highlight. Dann Training und etwas essen, relaxen, dann eine letzte Trainingseinheit. Nun war es soweit: Das Finale stand an!

Sarah hatte es mit Rebecca H. Franziskaner zu tun, der amtierenden Bayerischen Meisterin und Titelverteidigerin. Ihrer Angstgegnerin. Aus 5 Duellen hatte sie bisher alle verloren. Aber nun musste sie H. schlagen. Rebecca war bärenstark und spielte sogar eine Klasse besser als ich, die hätte mich sicher vom Platz gefegt. Schnell lag sie 2:0 Sätze vorn, doch dann startete Sarah eine krasse Aufholjagd. Vielleicht lag es daran, dass ich ihr in der Pause eine Massage mit abschließendem Mundharmonikaspiel in Aussicht stellte, sollte sie gewinnen.

Sarah gab alles und zwang Rebecca in die Knie. Die Championesse hatte sich allerdings am Knie verletzt und konnte nicht mehr alles geben, der letzte Schritt fehlte. Glück für Sarah. So konnte sie einen Entscheidungssatz erzwingen und holte sich diesen relativ mühelos hinten raus. Somit war das Projekt „Gewinn der Bayerischen Meisterschaft" erfolgreich abgeschlossen. Ich gratulierte Sarah und ließ sie hochleben. Sie jubelte, als wäre sie Weltmeisterin geworden.

„Danke für alles!", schmatzte sie mir das Hirn aus dem Körper, als wir nach der Siegerehrung auf ihrem Zimmer waren. „Jetzt lass uns feiern!" Sweet Sarah machte sich hübsch, unten lief schon die Players Party. Alle Teilnehmerinnen, die noch anwesend waren, hatten sich schick gemacht und tanzten mit ihren Trainern, Partnern oder alleine durch den Raum. Und Alkohol floss. Viel Alk! Sarah hatte vor sich zu betrinken.

Sie schüttete sich zu. Währenddessen tanzte sie ausgelassen mit mir und anderen. Als ich mich vom Mitternachtsbüffet bediente, sprach mich die Verliererin, Rebecca H., an. Ich erfuhr, dass H. für Hermine steht. „Herzlichen Glückwunsch zu Eurer Top-Leistung", gratulierte sie mir, „Sarah hat heute fantastisch gespielt." „Ja, hat sie", dankte ich und fragte nach ihrem Knie. „Habe mir das im dritten Satz verdreht, tut sehr weh. Habe noch alles probiert, aber die Schmerzen waren groß. Ich konnte nicht mehr voll spielen. Sonst hätte ich sie geschlagen."

„Ich weiß", nickte ich, „ich habe gesehen, wie gut Du bist. Ich denke, dass Du Sarah geschlagen hättest. Tut mir Leid für die Niederlage." „Halb so schlimm", meinte Rebecca, „dafür hole ich mir den Titel nächstes Jahr zurück." Rebecca war Anti-Alkoholikerin, trank Schorle und war entsprechend frisch noch im Kopf. Sarah war derweil schon beschwipst und torkelte auf der Tanzfläche hin und her.

Rebecca hatte ein klares Ziel an diesem Abend: Mich. Sie wollte mehr über mich wissen und machte mir schöne Augen und Beine. Die hatte sie auch: Sie war 1,75 m groß und hatte einen sportlichen Body. Ihre pinken Haare trug sie schulterlang, ein frecher Seitenscheitel war es. Selbst ihre Augenbrauen waren pink gefärbt. Ihre Schamhaare auch? Ihr bauchfreies T-Shirt präsentierte einen perfekten Nabel und trainierten Bauch.

Ihr kurzer Rock zeigte wunderschöne Beine plus Knackarsch. „Bist Du mit Sarah zusammen?", wollte Rebecca wissen. „Nö, ich bin ihr ehemaliger Schüler, sie war meine Sportlehrerin, und ich habe mit ihr trainiert. Ich spiele in etwa gleich gut wie sie." „Interessant", murmelte H. „Was hältst Du von einem Match?" „Gerne, ich stehe zur Verfügung." Ich wollte Rebecca genauso wie sie mich, das verrieten unsere Blicke, doch das konnte ich Sarah nicht antun. Hermine und ich tauschten Handynummern und ich trug Sarah aufs Zimmer, bevor es zu spät war.

Äußerst angeheitert und gut gelaunt wollte diese Sex von mir. Leider war sie nicht mehr zu viel fähig, also fickte ich sie. Da sie kaum noch wusste, wo oben und unten ist, filmte ich den Fick, ohne dass sie es bemerkte. Meine Kamera stand seitlich zum Bett und fing alles ein. Ich fickte Sarah hart und wild, 20 Minuten lang tobte ich mich an ihrem wehrlosen Körper aus. Sie wurde richtig durchgeschüttelt von mir, was ihr gefiel. Als ich kam, riss ich mir das Kondom runter und wichste in ihr Gesicht. Ich bin kein Satyromane, da ich keine Frau der Welt demütigen will, aber geil ist es trotzdem, einer bildschönen, wehrlosen Frau ins Gesicht zu spritzen. Sarah ließ es sich gefallen und leckte sich mein Sperma in den Mund.

Diese Fick-Aufnahme ist bis heute eine meiner besten. Ich als 19-Jähriger ficke meine 25-jährige Ex-Lehrerin fast bewusstlos und komme ihr mit einer unfassbaren Spermamenge ins Gesicht. Ohne Worte. Als ich aus dem Bad kam, schlief sie bereits. Ich schlief mit. Am nächsten Morgen dröhnte ihr der Kopf, aber es reichte für einen Blowjob zum Abschied. Danke, Sarah, für die tolle Zeit! 2 Wochen später erhielt ich eine SMS von Rebecca: „Mein Knie ist wieder heil. Hast Du Lust auf unser Match?" „Selbstverständlich", antwortete ich der Zweiten, „wann und wo?" „Bei mir in Passau, passt das für Dich?"

Passau ist 2 Stunden von München. Extra hin und her an einem Tag ist zu stressig. Ich wollte mir das Dreiländereck schon immer anschauen. „Ich schlage vor: Ich komme an einem Freitagabend, wir gehen essen. Samstag spielen wir das Match und danach zeigst Du mir Passau. Sonntag können wir eine Revanche spielen, und am Abend fahre ich zurück." „Klingt nach einem tollen Plan", kicherte Rebecca.

„Stellt sich die Frage, wo ich schlafen kann. Kennst Du günstige Pensionen?" „Ich kenne ein schönes Hotel." „Wie teuer?" „Einzelzimmer ab 110 Euro die Nacht." Ich lachte: „Viel zu teuer. Nein, danke." „Ist überhaupt nicht teuer. Das Hotel gehört meinem Vater. Ein Anruf von mir, und Du bekommst ein Zimmer frei Haus." „Echt, das machst Du für mich?" „Klar, dafür, dass Du anreist, kann ich auch etwas tun." „Klingt gut", bestätigte ich und wartete auf ihr Bescheid.

5 Minuten später klingelte es und Rebecca bestätigte mir mein kostenfreies Zimmer im „Dormeros". Ich freute mich auf das Wochenende in Passau und war mir sicher, dass es mit Rebecca nicht nur um Badminton geht. Freitagnachmittag fuhr ich los und erreichte 3 Stunden später Passau. Ich checkte im Dormeros ein und rief R an, wir verabredeten uns 19:30 Uhr an der Rezeption. Bildhübsch im Abendkleid holte sie mich ab und führte mich zu ihren Lieblings-Inder.

Rebecca H. erzählte mir aus ihrem Leben: Sie war 22 und studierte Zahnmedizin. Dreifache Bayerische Jugendmeisterin im Badminton und zweifache in der Damenriege. Dazu zahlreiche regionale Turniersiege. Einen festen Freund hatte sie nicht. „Keine Zeit und keine Lust", meinte sie, „Studium und Freiheit gehen vor." Wir flirteten und bereiteten uns auf mehr vor. „Du weißt, auf was das Ganze hinauslaufen wird", flüsterte mir Rebecca zu, „aber einfach so wird das nicht gehen." „Wie meinst Du das?", fragte ich verunsichert.

„Na, Sex und so", fuhr sie fort. „Wenn Du mit mir Sex haben möchtest, musst Du den Dir erst verdienen." „Und wie?", rollte ich mit den Augen. „Indem Du mich auf dem Court besiegst." „Aber wir spielen erst morgen", blickte ich sie traurig an. „Tja, da müssen wir beide durch, aber das ist der Kick. Ist viel geiler, so etwas noch hinauszuzögern."

Ich musste mich damit abfinden, meine erste Passauer Nacht alleine zu schlafen. „Also wenn ich Dich besiege, hast Du Sex mit mir." „Ja", nickte sie. „Aber was ist, wenn ich verliere? Gibt es dann keinen Sex?" „Wenn ich gewinne, habe ich zur Belohnung Sex mit Dir." Moment mal, etwas verwirrend. Kurz nachdenken. Aha! Eine Wette, bei der es keinen Verlierer gibt. Geil!

31

„Also egal, wer gewinnt, wir haben auf jeden Fall Sex", jubelte ich. „So soll es sein", grinste mich H. an. „Bekomme ich heute als Einstimmung darauf einen Blowjob?", fragte ich. „Nein, aber eine Massage, wenn Du willst." „Ja, will ich!" „Gut, sollst Du bekommen, aber mehr erst morgen." Ich freute mich auf die Massage sehr, schlürfte mein Lassi aus und sah zu, wie Rebecca alles zahlte. Dann fuhr sie mich zum Hotel, wo ich ihr mein Zimmer zeigte.

Ich duschte und legte mich – mit Handtuch bekleidet – aufs Bett. Rebecca streifte sich ihr Abendkleid ab und hatte darunter pinkfarbene Unterwäsche. Pink war ihre Lieblinksfarbe. Pinke Haare, pinke Augenbrauen, pinker Lippenstift, pinke Fingernägel, pinker BH, pinker String. Unten pink lackierte Zehennägel. „Hast Du auch pinke Schamhaare?", schoss es aus mir heraus. „Zeig mal." „Nicht heute, morgen", beschwichtigte sie und startete mit der Massage. Dafür nutzte sie die hoteleigene Kokos-Creme. Ihre Hände fühlten sich wunderbar an.

Sie hockte sich über meinen Rücken und massierte diesen professionell. Ich genoss. „Soll ich auch Deinen Po massieren?" „Klar", juchzte ich und entfernte mir selbst das Handtuch. Rebecca massierte meinen Po und die Oberschenkel. „Du hast einen trainierten, sehr schönen Körper", lobte sie mich. „Warte mal, bis Du die Vorderseite siehst", lockte ich sie. Ich wartete darauf, dass sie mir von hinten zwischen die Beine griff und meine Eier berührte, doch das tat sie nicht. Warum nicht?! Nach 30 Minuten meinte sie: „Umdrehen."

Schon lag ich auf dem Rücken und präsentierte ihr meine ganze jugendliche Schönheit. Mein Penis stand enorm hoch und steif. Sie schaute mir in die Augen und lächelte: „Du hast einen schönen Penis, auf den freue ich mich." Kräftig und gekonnt massierte sie meine Vorderseite, Brust, Bauch, Hüfte, Ober- und Unterschenkel. Sie fuhr immer wieder haarscharf an meinem Dick vorbei, ohne ihn zu berühren.

Das machte mich wahnsinnig. „Greif zu", drängelte ich. „Morgen", antwortete sie. „Heute ist Anheizen angesagt." Ich war glücklich und verzweifelt zugleich. Selten hatte ich mich so auf einen Fick gefreut und bei einer Massage so gelitten. Rebecca spielte mit mir und beendete nach einer Stunde ihre Massage.

Ohne mir Erleichterung verschafft zu haben. „Ich weiß ja, dass das nicht einfach für Dich ist, ist es für mich auch nicht. Aber dafür wird es morgen umso intensiver. Und hol Dir ja keinen runter, lass den Druck stehen, ich will Dich intensiv spüren." Diese dreckigen Worte halfen mir gar nicht. Nach einem Abschiedskuss auf den Mund verließ sie mich. In dem Moment, als sie draußen war, musste ich mich erleichtern. Ich spritzte nach 2 Minuten ab. Endlich!

Am nächsten Morgen besuchte mich Rebecca zum späten Frühstück im Hotel. Danach gingen wir an der Donau spazieren und unterhielten uns. „Hast Du gut geschlafen?", fragte sie. „Ja, danke." „Bist Du Deine Erektion noch losgeworden?" „Ja, ich habe mich erleichtert. Ging nicht anders." „Hey, ich hatte Dich extra gebeten, geladen zu bleiben", raunzte sie mich an. „Hey", raunzte ich zurück, „Du kannst nicht einen Kerl massieren und immer haarscharf am Ständer vorbeifahren, dabei mit Deinen Reizen spielen und ihn unendlich geil machen. Das hält kein Mann der Welt aus.

„Ich werde die Spannung im Spiel wieder aufbauen, er wird knüppelhart für Dich sein." „Apropos Spiel, ich habe für 15 Uhr reserviert, 2 Stunden gehört der Court uns." Sie zeigte mir ein paar Sehenswürdigkeiten, dann packte sie mich ein und wir fuhren zum Sportpark. Nach 20 Minuten Aufwärmen waren spielten wir uns ein. Rebecca ging mächtig drauf und knallte mir den Ball mehrfach auf den Körper. Respekt wollte sie sich erarbeiten. Gelang ihr. Sie konnte hart zuschlagen, auch sehr präzise, genau auf die Linien.

„Los", startete sie, „Du beginnst. Wer die meisten Sätze gewinnt, ist Champ." Ehe ich mich versah, war der erste Satz weg. Der zweite war aber meiner. So ging es hin und her. Am Schluss stand es 5:5 Sätze. „Unentschieden", strahlte sie, „ich hätte nicht gedacht, dass Du mithalten kannst auf diesem Niveau." „Ich dachte, ich würde gewinnen", konterte ich.

Sie schubste mich spielerisch und wir gingen an die Bar, um einen Vitamin-Drink zu genießen. Das Spiel war hart gewesen und hatte mir alles abverlangt. Wir waren durchgeschwitzt. „Lass uns noch in die Sauna gehen, relaxen", forderte sie mich auf. Pinke Schamhaare oder nicht?

Neugierig duschte ich und traf mich mit ihr vor den Saunen. „Welche Sauna magst Du?", zeigte sie auf 4. Ich schaute mich um: „Citrus!" Außer uns war keiner da. Rebecca drehte sich um, sie stand nun direkt vor mir. Ein schneller Kuss auf den Mund, dann schob sie ihr Handtuch reizvoll beiseite. Ich schaute genau hin: Tatsächlich kamen pink gefärbte Schamhaare zum Vorschein. Wie geil! Die pinke Lady, sie war es wirklich!

Ein Büschel pinker Schamhaare offenbarte sich, direkt am Anfang der Schamlippen, nett zurechtgetrimmt, sehr sexy in Form und Ausstrahlung. Da stand sie nackt vor mir mit ihren pinken Haaren, pinken Augenbrauen, pinken Fingernägeln, pinken Schamhaaren und pinken Zehennägeln. Ich glotzte. „Gefalle ich Dir?", strahlte sie mich an. „Du bist heiß", hechelte ich und hätte sie am liebsten an Ort und Stelle vernascht.

Hinein in die Sauna. Wir schwitzten und ich törnte mich bei ihrem sexy Anblick weiter an. Obwohl 2 hübsche Frauen die Sauna betraten, hatte ich nur Augen für Hermine. Nach kurzer Erholungsphase ging es in Saunarunde 2. Dann duschten wir und fuhren zu ihrem Inder, der ebenso köstlich mundete wie am Abend davor. „Ich bin mächtig heiß auf Dich", flüsterte mir die 22-Jährige ins rechte Ohr. „Ich auch auf Dich", ich in ihr linkes. Diesmal zahlte ich und sie brachte uns ins Hotel. Im Zimmer stand nun endlich Sex an. Schnell lagen wir nackt auf dem Bett und kamen in Fahrt. Ich leckte Rebeccas Pussy nass. Noch nie zuvor hatte ich pinke Schamhaare im Gesicht.

Die Süße lag da und genoss, wie ich ihre Schamlippen knetete und ihre Klitoris mit meiner Zunge verwöhnte. „Weiter links, noch weiter, ja, genau", kommandierte sie mich in die exakte Position und wartete ab, bis sie kam. Sie kam heftig und schrie so laut wie bei ihrem Satz-Jubel. Ihre Fotze flutete durch, doch ich leckte weiter. Schon damals wusste ich, dass Frauen Multi-Kommerinnen sind.

Manche wussten das nicht mal von sich selbst, denen musste ich es beibringen. Rebecca liebte meine Zungenspiele. Sie kam in den nächsten 15 Minuten noch erstaunliche fünfmal. Als sie genug hatte, zog sie mich hoch und küsste mich 10 Minuten lang mit Zunge Danke. Mein Penis war dauersteif und zuckte vor Freude, als sie ihn endlich berührte.

Mit unglaublicher Sensualität streichelte sie ihn. Langsam und zart, während wir knutschten. Das war zu viel für mich: Ohne Vorwarnung sprühte es raus und kleckerte alles voll. Dabei hatte sie nicht mal gewichst, nur gestreichelt. Rebecca schaute auf, sah mich kommen, küsste mich weiter und streichelte meinen Kong sanft weiter. So war ich noch nie gekommen, nur durch Streicheln. Eine Novität. Als ich alle war, schaute sie mich an und meinte: „Na, Du bist mir ja einer. Ich wollte mit Dir schlafen, und Du verschießt Deine Ladung nur durch ein bisschen Berührung." „Das liegt an Dir", gab ich zurück, „ich konnte mich nicht mehr beherrschen, so geil ist das mit Dir. Keine Sorge: Gleich schlafe ich mit Dir. Gib mir 20 Minuten, Babe." Diese 20 Minuten wurde geknutscht, so intensiv, dass ich nach 10 Minuten wieder einen Steifen zwischen den Beinen hatte. „Jetzt aber", grinste ich und bekam ein Noppenpräservativ gereicht, das ich mir fachmännisch überzog. „Wie willst Du es?", fragte ich. „Wie willst Du es?", sie zurück. „Ich bin noch nie von einer pinken Pussy geritten worden, also will ich das", strahlte ich und sah zu, wie sie sexy auf mir Platz nahm. „Falsch herum!", rief ich, denn sie hatte mir den Arsch zugewandt. Rückwärts reiten ist auch geil, aber ich wollte sie vorwärts haben. „Ich will doch sehen", stöhnte ich. Schwupps, saß sie richtig herum und begann zu reiten. Mein Penis verschwand in ihrer geschmückten Lustgrotte komplett. Stolze 15 cm. Ja, Rebecca war tief und gleichzeitig eng. Geil!

Lasziv ritt sie mich an den Rand des Wahnsinns. Ganz langsam und intensiv. Sie zelebrierte jede Sekunde. Es sollte ein Zusammenkommen werden, denn nach 10 Minuten erlebten wir synchron unsere Orgasmen. Es war eine fantastische Vereinigung, die wir geleistet hatten. Glücklich rollte sie sich runter und fiel auf mich drauf. Fast schlug sie mir dabei die Zähne aus.

Stattdessen küsste sie diese und alles, was sich in ihrem Mund befand. In meinem starken Arm schlief sie ein. Am nächsten Morgen wachten wir um 8:30 Uhr auf. Hunger hatten wir, aber davor stand Sex an. „Diesmal möchte ich, dass Du mich fickst", forderte sie und legte sich nach Morgen-Toilette und Zähneputzen beinbreit hin. Gummi rauf, rein damit. Rebecca fühlte sich auch in dieser Position klasse an.

Ihre Brüste standen mir entgegen, ihre Augen waren geschlossen, ihre Beine um meine Hüften gedrückt. Ebenso langsam, wie sie mich gefickt hatte, fickte ich nun sie. Ich wollte zwar schneller, sie wollte das auch, aber ganz bewusst blieb ich bei diesem langsamen, sinnlichen Rhythmus. Es reichte, um mich nach 20 Sex-Minuten zum Orgasmus zu schleudern. Noch nie zuvor hatte ich eine Frau so langsam gebumst, trotzdem war ich heftig gekommen. Eine neue Erfahrung. „Ich will auch kommen!", bettelte Hermine um Gnade. Gerne erfüllte ich ihr diesen Wunsch, und zwar mehrfach. 3 Orgasmen später zog sie meinen Mund von ihrem Venushügel weg und küsste mich zum Dank. Good news: Das Zimmer durfte ich bis Montagfrüh behalten. Also Frühstücken. Flanieren. Passau anschauen. Dann stand unsere Revanche auf dem Plan. Wieder 2 Stunden Center Court. Ich war bereit, die Maus zu schlagen.

„Wenn Du mich heute schlagen solltest, hast Du einen sexuellen Wunsch frei. Wenn ich Dich besiege, habe ich einen frei." „Einverstanden", jubelte ich, ich konnte dabei nur gewinnen. Mein Wunsch stand fest: Filmen! Ist bis heute das Größte für mich, meine Abenteuer festzuhalten. Meinen Film-Wunsch kommunizierte ich ihr deutlich. Sie nickte: „Einverstanden." Ihren Wunsch verschwieg sie, selbst meine Nachfrage ignorierte sie lächelnd. „Wart´s ab!"

Was in Drei-Teufels-Name könnte ihr sexueller Wunsch sein, fragte ich mich, während ich mein bestes Badminton spielte. Nach 100 Minuten stand es 4:4-Sätze. Verdammt, war sie stark! Ich wollte gewinnen und unseren Sex filmen dürfen. Andererseits reizte mich, was ihr sexueller Wunsch sein könnte. Was hatte dieses hübsche Mädel mit mir vor? Der Kick nach dem Unbekannten war zu groß. Ich entschied mich, den entscheidenden Satz absichtlich zu verlieren.

Ich forderte sie ans Limit, wir mussten in die Satzverlängerung, dann ließ ich sie die 2 Punkte Vorsprung machen, die nötig waren. Rebecca jubelte und sprang in die Höhe. „Glückwunsch, Süße, Du hast fantastisch gespielt", gratulierte ich ihr und drückte sie. „Ich habe gewonnen, das Match und unseren Deal. Ich habe einen Wunsch frei." „Ja, hast Du", gratulierte ich ihr erneut und war überaus gespannt.

Nach Dusche und Sauna fuhren wir zu ihrem Inder und aßen. Dann fuhr sie mich in die Natur. Raus aus Passau. Wir fuhren 20 Minuten, bis wir an einem bergigen Hügel kamen. Den fuhr sie rauf. Mutter Natur war da. Es wurde dunkel und Rebecca zauberte aus ihrem Kofferraum ein Zelt. „Hilfst Du mir?", bat sie mich. Schnell stand das Zelt. „Hinein!", juchzte sie und war die Erste. Ich war noch nie in einem Zelt gewesen, aber es hatte was. Geschützt und dank luftigem Bodenbelag komfortabel. Hierfür war eine Pumpe notwendig gewesen, die ich händisch bedienen durfte. H öffnete den Reißverschluss und zeigte mit dem Zeigefinger nach unten: „Passau!" In der Tat, es war eine schöne Aussicht. „Hier bin ich, wenn es mir schlecht oder fantastisch geht. Das ist mein Zauberort." Dann küsste sie mich lang und gefühlvoll. „Mein Wunsch ist es, hier mit Dir Sex zu haben." „Diesen Wunsch erfülle ich Dir gerne", grinste ich und legte mich auf sie. Aus der Kusssalve wurde mehr.

Schnell waren wir nackt und ich fickte sie als Missionar zärtlich und langsam, wie sie es liebte. Pink war hier nicht mehr viel, zu dunkel war es geworden, aber ihr Körper fühlte sich einfach sensationell an. „Soll ich auch schneller oder härter?", fragte ich. „Nein, so, das ist perfekt für mich", stöhnte sie. Nach wunderschönen 30 Minuten spürte ich meinen Saft brodeln und stöhnte meinen Orgasmus in ihren Mund. Er war heftig und dauerte gefühlte 3 Minuten lang. Befriedigt nahm ich sie in den Arm und fingerte sie zu 4 Orgasmen. „Wunderschön", bestätigte sie mir ihren Gefühlszustand und gab mir das Gefühl, der Womanizer von Passau zu sein.

Wir quatschten über die Welt und sie erzählte mir von ihrer Bisexualität. Auch mit schönen Frauen trieb sie es. Das Thema machte mich geil. Mein Dong drückte die Kuscheldecke hoch. Als Rebecca dies bemerkte, strahlte sie: „So, der Herr ist wieder geil. Wie wär's mit einem Blowjob?"

„Gerne, das mag der Herr", scherzte ich und hielt ihr den Dong vor die Nase. Statt in der Nase landete er im Mund. In Zeitlupe lutschte sie meinen Schaft rauf und runter, sie blies göttlich. Ihre rechte Hand umfasste meinen Penis und wichste ganz langsam, aber gut spürbar mit. Ich lag in diesem Zelt auf einem Hügel bei Passau.

Und wurde oral befriedigt von der 22-jährigen Rebecca, der aktuellen Vize-Bayerischen-Meisterin im Badminton. Tja, wenn das die aktuelle Bayerische Meisterin, die Sarah, wüsste! Oder Mitspielerin Doro! Beide Vergangenheit, was jetzt zählte, war Rebecca. Ihr Blowjob war jede Sünde wert. Über 30 Minuten zog sie das Spektakel, bis ich ohne Vorwarnung in ihren Mund schoss. Sie schluckte kurz, arbeitete aber sauber weiter. Genau richtig! Sie saugte mich aus, bis ich sie in meinen Arm nahm und mich bei ihr bedankte.

„Jetzt ich Dich", kündigte ich an und spürte 10 Sekunden später ihre Schamhaare an meiner Nase. Ich konzentrierte mich auf ihre Clit und bediente sie von links mit meiner Zunge. Jetzt ging Rebecca ab. Sie stöhnte laut wie ein fox on the run. Hier draußen waren wir mutterseelenallein, keiner hörte uns. Rebecca kam. Rebecca kam. Rebecca kam. Rebecca kam.

Viermal zählte und spürte ich mit, wie sie abhob. Gegen 23 Uhr packten wir unsere Sachen und fuhren in das Hotel. Rebecca blieb über Nacht, und nach einem geilen Zeitlupen-Ritt von ihr schliefen wir ein. Am nächsten Morgen dann ein letzter Knall, diesmal Doggy. Ich hielt mich an ihr langsames, zärtliches, gefühlvolles Tempo und kam intensiv in ihr. Ich küsste sie zum Abschied und fuhr zurück in meine Heimat.

Chloe; Susanne

Eine andere heiße Geschichte aus meiner Abi-Zeit hieß Susanne. Sie war eine dunkelhaarige 18-Jährige, die eine Klasse unter mir war, in der 12. Schon damals war ich als Womanizer bekannt und hatte mit vielen Mädels meines Jahrgangs sowie des darunter geschlafen. Susanne war mein Typ Girl: schlank, sexy Figur, schönes Gesicht, perfekte Lippen und Hände, süße Aussprache. Ich musste sie haben!

Doch meine Flirt-Versuche blieben erfolglos. Eines Tages redete sie Klartext mit mir: „Du kannst Dich auf den Kopf stellen und 1.000 Handstände machen, ich werde nicht mit Dir schlafen. Du hast hier einen Ruf, und ich habe einen zu verlieren." In der Tat, den hatte sie: Kam aus bestem Elternhaus, Vater und Mutter Arzt, namhaft in der Stadt. Sie war eine kleine Schicki. Ich wusste, dass sie erst einen Freund hatte, 1.000 Tage lang. Einen älteren Ärztesohn. Sonst nichts.

Sie war dafür bekannt, keine Typen so mal ranzulassen. Sie war ein anständiges Mädchen. Ich gab nicht auf, suchte immer wieder in den Pausen Gespräche mit ihr. Sie nahm an, wir quatschten nett, aber wenn ich meine Anmerkungen machte, die eindeutig zweideutigen, lachte sie nur: „Du kannst Dich auf den Kopf stellen und 1.000 Handstände machen, ich werde nicht mit Dir schlafen. Du hast hier einen Ruf, und ich habe einen zu verlieren." Dieser Slogan wurde zur Routine.

Und trotzdem versuchte ich weiter mein Glück bei ihr. Sie bekam mit, dass ich ständig andere Girls hatte, die sich auf mich einließen und die von ihren Liebschaften mit mir prahlten. Ich war schon damals ein erstklassiger Liebhaber, das sprach sie herum. Girls standen Schlange bei mir. Viele nahm ich, andere nicht. Bis zum Abi waren es noch 4 Monate. Ich setzte mir zum Ziel, bis dahin Susanne zu knacken.

Doch sie spielte weiter mit mir. War offen für jeglichen Austausch, sprach gerne mit mir, wir witzelten, doch wenn ich anzüglich wurde, blockte sie ab und brachte den Spruch: „Du kannst Dich auf den Kopf stellen und 1.000 Handstände machen, ich werde nicht mit Dir schlafen.

Du hast hier einen Ruf, und ich habe einen zu verlieren." „Hör mal, Susanne, lass Dir was anderes einfallen als diesen Quatsch. Den kenne ich auswendig. Um Dich zu bekommen, werde ich mich echt demnächst vor Dir auf den Kopf stellen und 1.000 Handstände versuchen. Vielleicht ändert das Deine Meinung." Susanne lachte laut. „Selbst dann nicht. Du kennst doch meine Aussage: Du kannst Dich auf den Kopf stellen und 1.000 Handstände machen, ich werde nicht mit Dir schlafen. Die Betonung liegt auf dem Wort ′nicht′."

„Was müsste geschehen, dass Du Deine Meinung änderst? Ich verlange nach der monatelangen Folter nun eine faire Chance. Egal wie klein diese ist, gib mir eine." Susanne stellte sich in sexy Pose: „Du bist echt krank. Willst einfach nicht aufgeben. Brutal. Aber irgendwie bewundernswert. Bei den anderen Mädels baggerst Du nicht so lange wie an mir."

„Stimmt, bei den anderen brauche ich nicht groß baggern, die sagen schneller ′Ja′, viel schneller", protzte ich. „Aber so eine bin ich nicht. Du kannst Dich auf den Kopf stellen und 1.000 Handstände machen, ich werde halt nicht mit Dir schlafen." „Vergiss den Salat, wir waren schon einen Schritt weiter", ermahnte ich sie zur Fairness. „Was müsste geschehen, dass Du Deine Meinung änderst? Gib mir eine faire Chance."

„Na gut, Du penetranter Dickkopf, lass mich mal überlegen." Susanne überlegte. Auf die Schnelle geht das nicht. Gib mir einen Tag. Wir treffen uns morgen, dann bekommst Du eine Antwort." „Okay", strahlte ich. Susanne ging und warf mir einen heißen Blick mit Kusshand zu. Teufelsweib! Dann wackelte sie mit ihrem Po im Minirock von dannen. Ja, so fies können Frauen sein. Susanne kam extra sexy.

Ich kannte ihre Spielchen bereits. Nichts Neues, doch jedes Mal eine Versuchung wert. „Du bekommst Deine Chance, Playboy", flötete sie. Ich strahlte. „Du kennst doch die Chloe." „Ja, kenne ich. Wer kennt die nicht?!" Chloe war eine Klassenkameradin von Susanne, das Gespött der Schule. Fett wie ein Pfannkuchen, hässlich wie Frankensteins Kind. Brille, Schmierhaare. Komplett asexuell. Kein Interesse an Jungs. Kein Interesse an Mädchen. Chloe war Einzelgängerin, die zwar intelligent war, sehr gute Noten hatte, aber sozial die totale Außenseiterin.

Keine Junge interessierte sich für Chloe, weder freundschaftlich noch sexuell. „Wenn Du mit der schläfst, dann ..." „Spinnst Du?!", zeigte ich Susanne den Vogel. „Wie kommst Du auf so einen kranken Scheiß?! Warum soll ich mit der ins Bett? Das ist doch Opfer hoch 10! Kein Kerl macht sowas. Die wird auf immer und ewig eine Jungfer bleiben." „Vielleicht", kicherte Susanne, „aber das ist die Chance, um die Du mich gebeten hast." „Wie bitte?", stammelte ich. „Hier der Deal: Wenn Du mit Chloe schläfst, schlafe ich mit Dir." „Ich verstehe Deine Gedankengänge nicht. Hast Du Deine Tage?" „Nein", lachte sie, „aber dann bin ich mir sicher, dass Du es ernst mit mir meinst." „Und warum bitte flirte und baggere ich schon fast ein halbes Jahr an Dir herum und mache mich dabei zum Affen?! Ist das nicht Beweis genug, dass ich es ernst meine mit Dir?" „Das beweist eine gewisse Durchhaltefähigkeit, die ich an Dir bewundere. Aber wenn ich Dir das wert bin, musst Du den Weg über Chloe gehen. Das ist die Chance, die Du wolltest." „Kannst Du nicht was anderes vorschlagen? Dieses Angebot ist nicht annehmbar für mich. Da stelle ich mich lieber auf den Kopf und mache 1.000 Handstände, bis ich zusammenklappe." „Überleg es Dir", hauchte sie mir zu, „vielleicht motiviert Dich das ja ..." Sie küsste mich auf den Mund und hopste weg. Nun ging mir die hässliche Chloe nicht mehr aus dem Kopf.

Ich beobachtete Chloe, und mir kam fast das Kotzen. Sicher 120 kg brachte sie mit ihren 18 Jahren auf die Waage. Niemals, schwor ich mir! Am Folgetag suchte mich die Susanne auf: „Ich kann das einfach nicht, Susanne, das musst Du verstehen." „Klar, kann ich, aber dann bekommst Du mich nicht." Ich schluckte. „Du verlangst tatsächlich, dass ich als Beweis, dass es mir ernst ist mit Dir, mit Chloe schlafe. Und erst wenn ich das getan habe, schläfst Du mit mir."

„Ja, Chloe ist der Wetteinsatz. Du musst mir natürlich beweisen, dass Du es mit ihr getan hast, sonst läuft gar nichts." „Okay, ich muss eine Nacht nochmal darüber schlafen, morgen gebe ich Dir Bescheid." Diese Nacht hatte ich schlimmste Albträume, wie mich Chloe beim Sex unter sich begrub und tötete. Sterbend wachte ich auf. Schweißgebadet. Alles nur ein Traum. Gott sei Dank!

Dann sah ich zwischen den Unterrichtsstunden des nächsten Tages Susanne wieder. „Also, ich habe eine Entscheidung getroffen, die ist aber nichts für den Schulhof. Ich lade Dich nach der Schule auf eine Cola ein. Dabei besprechen wir alles." 3 Stunden später saßen wir im „In" bei einer CC. „Wie lautet Deine Entscheidung?" „Ich habe lang nachgedacht. Ich werde es tun, um Dich zu bekommen. Das ist es mir wert." Susanne staunte. „Hätte ich nicht gedacht", schaute sie mich an, als wäre ich Chloe. „Damit unsere Wette hieb- und stichfest ist, fasse ich nochmal zusammen", fasste ich: „Wenn ich mit Chloe schlafe, schläfst Du mit mir." „Ja, das habe ich Dir zugesagt. Du musst aber wirklich mit ihr schlafen. Und mir einen Beweis vorlegen." „Zählt mein Wort nicht?" „Nein", lachte sie, „nein, Du Clown." „Und zählt das von Chloe?" „Die soll von der Wette nichts mitbekommen. Die musst Du schon so irgendwie rumbekommen."

„Wie kann ich es Dir beweisen?" „Über ein Foto, eine Video- oder Audioaufnahme. Mehr Optionen sehe ich da nicht. Oder ich verstecke mich im Schrank und schaue live zu." „Du perverse Spannerin!", tadelte ich sie. Sie lachte süß. „Ich werde mir etwas einfallen lassen. Aber zuerst muss ich es schaffen, mit Chloe ins Gespräch zu kommen. Ist schon Herausforderung genug." „Ich wette meinen Körper darauf, dass Du sie nicht ins Bett bekommst. Die ist derart uninteressiert an Männern, die wird Dich voll abblitzen lassen.

Und sollte doch ein Wunder geschehen, pass ja auf, die wird noch Jungfrau sein. Und ob Du bei dem fetten Körper überhaupt einen hochbekommst, wage ich zu bezweifeln. Ich kenne ja Deine Ansprüche, und die Messlatte legst Du da ja sehr hoch." „Nur die wirklich Hübschen,", grinste ich. „Auf Dich freue ich mich ganz besonders. Dafür lohnt es sich zu leiden." Susanne küsste mich knapp auf meine Lippen, dann zahlte sie die Getränke und ging.

Ich wollte es tun: Sex mit Chloe, dieser speckigen Masse. Diesem Pickelgesicht. Dem Burger auf 2 Beinen. Igitt! Ich suchte das Gespräch mit ihr. Sie hatte kein Interesse, war ja das Alleinsein auf dem Pausenhof gewohnt. Doch ich überwand mich und plauderte auf sie ein, bis sie mir zuhörte und antwortete.

Lieber hätte ich auf einen tollwütigen Hund eingeredet, als auf sie. Als Frau war sie eine 10 mit Stern, aber mit Minus davor. Trotzdem tat ich es für Susanne. Genau genommen für mich. Aber auch für Susanne. Sie sollte mal so richtig geil befriedigt werden. Und ich wollte ihr blödes Gesicht sehen bei Verkündung meines Sieges. Und ihren nackten Körper. Ihren Mund an meinem Dong spüren, ihre Fotze sehen und ficken.

Zurück zu dieser Chloe: Ich gab mich interessiert und verbrachte immer mehr Zeit mit ihr, lud sie auf eine Fanta nach der Schule ein und gewann ihr Vertrauen. Dann gab ich mir den Ruck und fragte sie, ob sie einen Freund habe: „Nein", antwortete Chloe, „habe ich nicht, will ich nicht und werde ich ohnehin nie haben. Wer will schon mich?" „Hey, nur weil Du ein bisschen mehr vom Leben hast, heißt das doch nicht, dass Du uninteressant bist.

Ich finde Dich interessant, sonst säße ich nicht hier." Sie lächelte zum allerersten Mal. Wow. Wie hässlich! Ich trank meine Fanta auf Ex, machte ihr gestellte Avancen, doch weiter kam ich an diesem Tag nicht. Die Hemmschwelle war zu groß. Der Ekel auch. Via intensiven Blickkontakt wusste Susanne die Tage natürlich, wie es mir ging. Sie lachte mir zauberhaft, aber siegessicher zu. Das stachelte mich an.

2 „Dates" später mit Chloe stellte ich dem Trampel die allesentscheidende Frage: „Ich möchte nicht lange um den heißen Brei herumreden, daher jetzt klar und direkt: Ich möchte gerne mit Dir schlafen. Hast Du Lust darauf?" Chloe schüttete vor Aufregung ihre Fanta um. „Wie bitte? Du? Was willst Du von einer wie mir?" „Ich habe Dir schon gesagt, dass ich Dich gut finde, Chloe, so wie Du bist. Und wenn ich es nicht ernst meinte, säße ich nicht hier mit Dir zusammen.

Unser drittes Date. Ich hätte andere Sachen zu tun, wärest Du mir nicht wichtiger." „Ich bin noch Jungfrau, ich habe noch nie Sex gehabt. Ich glaube nicht, dass das eine gute Idee wäre", zögerte sie. „Deshalb wäre es sicher eine super Idee", konterte ich. „Irgendwann musst Du damit beginnen. Ich habe viel Erfahrung, bei mir bist Du sicher. Du kannst mir vertrauen." „Aber ich schäme mich, mich nackt zu zeigen. Ich ertrage meinen Anblick ja nicht mal selbst."

„Mach Dir keine weiteren Gedanken, die sind unnötig. Sag einfach 'Ja' oder 'Nein'." „Puh", atmete Godzilla laut aus, dicke Schweißperlen rollten ihr übers Gesicht. „Okay, ich vertraue Dir. Ja, schon gerne würde ich mit Dir schlafen." „Schön", kotzte ich, „ich freue mich." LÜGE! Chloe hatte am Wochenende sturmfrei, da ihre fetten Eltern auf Weltreise waren: 2 Wochen Urlaub in Ägypten. Fressen und Saufen im All-inclusive-Mode. Ich kaufte mir für das Unterfangen „Chloe" meine allererste Spy-Cam und bereitete mich auf die Hölle vor. Die wurde es auch, noch schlimmer. Aber da musste ich durch, wollte ich zu Susanne. Von den über 1.500 Frauen, die ich in meinem Leben bislang hatte, war Chloe die größte Herausforderung. Die schwerste Herausforderung. Die hässlichste Herausforderung. Die ekligste Herausforderung. Die unmöglichste Herausforderung. Perverse Details diese Hölle erspare ich Euch hier. Nur so viel: Es war EKLIG! Haarig. Blutig. Stinkig. Schimmlig. Muffig. Schwabbelig.

Ich opferte mich selbst. Mit Haut und Haaren. Ich hielt die Küsse, die sie wollte, kurz und knapp, schnell kam ich zum Akt. Durchstieß ihr Zelt und ließ meinen kondomisierten Dick in ihren Speckschwarten verschwinden. Mir war derart übel, ich musste aufpassen, mich nicht zu übergeben. Bewusst machte ich es als Missionar. Reiten? Unmöglich! Sie hätte mich zerquetscht und vernichtet. Doggy? Nein!! Löffelchen? Nö. Andere Perversitäten schloss ich ebenso aus.

Der Missionar war die „beste" Lösung. Auf Anblasen verzichtete ich. Ich fickte sie so schnell ich konnte, dass ich so schnell ich konnte kam. Dann verdrückte ich mich. Mit der Aufnahme natürlich. Nachdem ich zu Hause das Gift von meinem Körper gewaschen hatte, kam der nächste Schock: Die Aufnahme – sie war nicht da! Die Batterie hatte nicht gehalten.

SHIT!! Mist, ich hatte das Ding nach einem Testlauf am Abend davor vergessen auszuschalten. Du Arschloch, titulierte ich mich selbst. Aber ich wollte Susanne unbedingt haben. Also musste ich ein zweites Mal in die Hölle. Chloe war einverstanden, ihr hatte ihr erstes Mal mit mir ganz gut gefallen, sagte sie. Ich lud das Teil diesmal 24 Stunden lang auf. Details dieser zweiten Hölle erspare ich Euch wieder.

Nur so viel: Es war wieder EKLIG! Wieder haarig. Blutig. Stinkig. Schimmlig. Muffig. So schwabbelig. Ich opferte mich mit Haut und Haaren. Ich hielt die Küsse noch kürzer und knapper, schnell kam ich zum Akt und ließ meinen kondomisierten Dick in ihren Speckschwarten verschwinden. Mir war so übel. Bewusst machte ich es wieder als Missionar. Reiten? Unmöglich! Sie hätte mich zerquetscht und vernichtet. Doggy? Nein!! Löffelchen? Nö. Andere Perversitäten schloss ich aus. Der Missionar war die „beste" Lösung.

Auf Anblasen verzichtete ich. Ich fickte sie so schnell ich konnte, dass ich so schnell ich konnte kam. Dann verdrückte ich mich. Mit der Aufnahme. Nachdem ich zu Hause das Gift von meinem Körper gewaschen hatte, kam die große Erleichterung: Alles recorded! Yes!! Ich traf Susanne auf dem Schulhof und plauderte mit ihr. „Na, wie läuft das Projekt Chloe?", zwinkerte sie mir zu. „Darüber möchte ich sprechen. Hast Du heute Nachmittag Zeit?" „Ja."

„Dann komm mit zu mir, ich habe eine Überraschung für Dich." Irritiert nickte sie, dann bimmelte es und die nächste Unterrichtsstunde stand an. Später: Zusammen marschierten wir zu mir. Ich stellte Susanne meiner Mutter vor, dann gingen wir hoch in mein Zimmer. „So, ich fasse unsere Wette nochmal zusammen", startete ich: „Wenn ich mit Chloe schlafe, schläfst Du mit mir. Korrekt?" „Ja, habe ich Dir zugesagt. Du musst aber wirklich mit ihr schlafen und mir einen Beweis vorlegen."

„Den habe ich!", deutete ich auf meinen Laptop. „Glaub ich nicht, Du verarscht mich." „Ich sperrte meine Zimmertür ab, klickte ein wenig herum. „Hier, der Ordner Chloe." Ich doppelklickte ihn. Zu sehen waren Chloe und ich, wie wir Sex hatten. Ich wollte ihr den ganzen Horror nicht zeigen, sondern zeigte ihr nur 30 Sekunden, dann stoppte ich.

„Reicht Dir das, oder willst Du den ganzen Horror sehen?" „Ich verzichte", stöhnte Susanne. „Du hast sie echt rumbekommen, dieses Monster. Wie hast Du das nur geschafft?" „Vergiss es, es war der blanke Ekel. Aber stell Dir vor, was mir passiert ist." Ich erzählte ihr vom ersten Fick und der Blanko-Aufnahme. Susanne schüttelte sich vor Lachen. „Und dann habe ich es ein zweites Mal getan, nur für Dich."

Sie lachte immer noch. „Das hast Du auch verdient", grinste sie. „Verdient habe ich aber auch was anderes", grinste ich, „nämlich Dich." Susanne lachte langsam aus. Ihr schien klar geworden zu sein, dass ich unsere heikle Wette gewonnen hatte. Sie blickte mich tief an: „Das ist jetzt nicht Dein Ernst, oder?" Ich blickte sie tiefer an: „Das ist jetzt nicht Dein Ernst, oder? Willst Du einen Rückzieher machen? Das wäre eine Sauerei! Nach allem, was ich dafür getan habe."

„Ist ja gut", lenkte sie ein, „alles gut, ich halte mich an unsere Abmachung. Dafür stelle ich aber Regeln auf." „Nichts stellst Du auf", konterte ich. „Der Deal war fix. Ich zitiere Dich: ´Wenn Du mit Chloe schläfst, schlafe ich mit Dir.´ Punkt. Jetzt komm mir nicht mit Einschränkungen oder so. Stehe zu Deinem Wort und schlafe mit mir." „Ja, aber wie, wann und wo, bestimme ich." „Ist ja gut", nickte ich ein, „also wie, wann und wo?"

Susanne lachte laut. Sie meinte es nicht böse, sondern schien sich auf mich zu freuen, das entnahm ich ihren Blicken. „Da ist einer aber gierig." „Ich will mich nicht auf die lange Bank schieben lassen", murrte ich, „ich möchte meinen bildschönen Wetteinsatz schnellstmöglich genießen. Schon seit Monaten will ich Dich. Und die Leiden, die ich dafür in Kauf nahm, waren unbeschreiblich. Soll ich Dir das Video komplett zeigen?" „Danke, nur das nicht", kotzte sie bildlich.

„Also?", drängte ich. „Lass überlegen: Was hältst Du von kommendem Freitag? Da sind meine Eltern über das lange Wochenende weg, ich bin allein zu Hause. Passt das?" „Ich mache es passend", präsentierte ich ihr meine Bizeps-Muskelpose. Susanne lachte. „Aber nur mit Gummi." „Na klar, was denkst denn Du? Ich freue mich schon auf Dich." Küsste ich sie auf ihren Mund und geleitete sie nach unten.

Meine Mutter war äußerst angetan von der 18-jährigen Beauty Queen und fragte mich über sie aus, doch der Genießer schwieg. Ich zählte die Tage rückwärts, bis Freitag war. Bis dahin tauschten Susanne und ich täglich heiße Blicke aus. Ich flirtete mit ihr, sie tat genervt, lachte aber dann doch süß zurück. Ja, sie wollte mich auch! Um Punkt 17 Uhr klingelte ich bei ihr in der Christof-Steinhauer-Straße 27 und hatte mich extra schick in Schale geworfen.

Mit Rosen begrüßte ich sie und trat ein. Nicht nur ich hatte mich schick gemacht: Vor mir stand eine bildschöne, aufgebrezelte junge Frau. Ihre Haare gemacht, sie duftete erstklassig, sie trug ein sexy Sommerkleid und hatte sich auf unser Date vorbereitet. Das Haus ihrer Eltern war ein sehr exquisites: größer als das von 95 Prozent der Gesellschaft. Susanne bot mir eine Sprite an und führte mich in ihr Zimmer. Es bestand aus 2 Zimmern: Eines war ein echt begehbarer Kleiderschrank. Krass, was diese 18-Jährige alles besaß! Das reichte für 10 Mädels! Ich durfte mich auf einen Sessel setzen. Sie hockte sich auf ihr Bett. Ich sah mich um: Teure Möbel. Eine Menge Stoffpuppen. Wie süß! „Na, schon aufgeregt?", fragte sie mich. „Und wie!", strahlte ich. „Und das, obwohl Du schon so viele Mädchen hattest?" „Die Aufregung hängt immer vom jeweiligen Mädel ab. Ich könnte schon 1.500 haben, ich wäre trotzdem sehr, sehr aufgeregt jetzt mit Dir."

Tja, da war ich wohl Hellseher gewesen. Hätte ich damals nie im Traum gedacht, mal tatsächlich auf diese Menge zu kommen. „Na gut, lass uns die Regeln besprechen", startete Susanne das Vorspiel: „Du darfst mich küssen, oben und unten, auch mit Zunge. Meine Clit ist sehr empfindlich, also Vorsicht. Du darfst mich überall anfassen, aber sinnlich, zärtlich und respektvoll, kein Grabschen, Kneifen oder Abdrücken. Ich bin eine, die alles zärtlich mag. Sehr zärtlich. Du darfst mit mir schlafen, aber nur mit Gummi. Die Positionen, die erlaubt sind, sind Missionar, Reiten und Doggy.

Aber nicht gewalthaft oder brutal, nicht die Nähmaschine, nicht den Rammler, ich mag es sanft und leidenschaftlich. Du darfst in mir kommen oder ich hole Dir am Schluss einen runter. Blasen weiß ich noch nicht. Ich schlucke nicht. Verstanden alles?" Ich saß da mit offenem Maul. Noch nie zuvor und selten danach hatte ich derart klare Regeln, Go's und No Go's erhalten.

„Ja, habe verstanden", stotterte ich verunsichert. „Na, dann los", lächelte sie mich an. Ich saß wie versteinert da und konnte nicht reagieren, derart mitgenommen und fasziniert hatte mich ihre dominante Ansprache. „Na los, ich warte!" Als ich wieder nicht reagierte, reagierte sie.

47

Susanne stand auf und kam auf mich zu. Sie hockte sich über meine Schenkel und kam mir näher, bis sie mich zärtlich küsste. Erst jetzt konnte ich agieren und machte mit. Ich ließ sie Tempo und Intensität bestimmen, zu eingeschüchtert war ich. Kurz darauf spürte ich Susannes Hände unter meinem T-Shirt meine Brust streicheln. Dann griff sie mir an die Hose und spürte the Dong. Endlich konnte ich handeln und trug sie auf ihr.

Dort zog ich mir mein Shirt und meine Jeans aus, ebenso die Socken, und kraxelte mit meiner Unterhose zu ihr. Ich schaute ihr zu, wie sie ihr Kleid abstreifte und in heißer, weißer Unterwäsche vor mir kniete. Ich knutschte mit ihr und öffnete von hinten ihren BH. Zum Vorschein kamen wundervolle Teenie-Titten. In der Mache vom Mädchen zur Frau. Ich küsste beide Nippel steif und schaute tiefer. Nur ihr Slip trennte mich vom Paradies. Ich küsste ihren Bauch hinab, bis ich am Stoff ankam.

Diesen schob ich nach unten, bis ich das sah, was sich unter dem Weiß angedeutet hatte: Schamhaare. Susanne hatte pechschwarze Schamhaare, elegant rasiert zu einem niedlichen, kleinen Dreieck. Den Höhleneingang sah ich nicht. Noch nicht. Ich streichelte Susannes Venushügel und fand ihre Schamlippen. Sehr feucht waren die, vor allem an den Innenseiten. Vorsichtig streichelte ich ihre erogenste Zone, dann traute ich mich, meinen Zeigefinger auszufahren. Susanne hatte nichts dagegen und atmete laut und gierig. Nun nahm ich den Mittelfinger dazu und hatte 2 Finger in ihrer Höhle stecken.

Da erinnerte ich mich an ihre Aussage „Du darfst mich küssen, oben und unten, auch mit Zunge". Wie gerne ich das tat: Muschi diving! Ich begab mich in Position und tauchte mit meinem Gesicht in ihren Schoß. Als meine Zunge durch die dunklen Haare sofort ihre Klitoris fand, zuckte Susanne heftig. Ich wusste, ich hatte den Goldschatz gefunden.

Der 19-jährige Womanizer startete das Leck-Spiel und behielt beide Finger in der Pussy, um für weitere Stimulation zu sorgen. Zärtlich und trotzdem direktiv-intensiv verwöhnte ich sie. Susanne ließ sich fallen und kam. Als sie kam, hielt sie 10 Sekunden die Luft an, dann explodierte sie. Interessante Orgasmus-Technik. Wie vom Blitz getroffen nach der Ruhe vor dem Sturm.

Ihre 18-jährige Scheide flutete durch und blieb feucht, was mich bewog, einfach weiterzumachen. Auch ihre Stöhnerei „Weiter bitte, ja, weiter bitte!" motivierte mich. Ich züngelte mit etwas mehr Druck an die Clit heran, von links. Das schien ihre Lieblingsstelle zu sein, denn kurz darauf kam sie erneut. Glücklich schaute sie mich an und wischte sich Glückstränen aus dem Gesicht. „Das war wunderschön, danke", küsste sie mich auf den Mund. „Man merkt, dass Du schon sehr viel Erfahrung mit Mädels hast." Hatte ich. Ja.

Nun wollte sie sich revanchieren und zog mir die U-Hose aus. Darunter war das harte Leben. Ich hatte damals etwas Busch, mein Sixpack drüber funkelte, meine Latte stand. Susanne streichelte meine 15 cm sanft, ehe sie ihre Lippen ansetzte. Doch sie küsste ihn nur, nahm ihn nicht in den Mund. Schade. So verwöhnte sie mich 5 Minuten lang. Dann sagte sie: „Jetzt darfst Du mit mir schlafen. Ich hoffe, es wird schöner für Dich als der Fick mit Chloe." Diesen Wunsch hatte ich auch, doch Susanne hatte einen Fehler gemacht: Sie hatte mich an Chloe erinnert.

Was zur Folge hatte, dass aus meinem knallharten Ständer in Sekundenschnelle eine Normaler wurde. Ich erschlaffte. Ich kämpfte, doch der Ekel war größer als die Lust und der Verstand. „Was ist los mit Dir?", schaute mich Susanne an, als ich nicht das Kondom ergriff, das sie mir schon eine halbe Minute hinhielt. Sie visierte meinen schlaffen, etwas zuckenden Penis an: „Was ist denn los? Bringe ich es nicht? Törne ich Dich nicht an? Habe ich was falsch gemacht?" „Doch, Du bringst es, Süße. Du tönst mich megamäßig an. Aber gleichzeitig hast Du mich massiv abgetörnt, denn Du hast mich an Chloe erinnert."

Sie verstand, und es tat ihr schrecklich leid. „Das wollte ich nicht. Wie kann ich das wiedergutmachen?" „Lass mich einfach durchatmen und von diesem Schock erholen. Ich muss erst wieder in Fahrt kommen."

Susanne hatte schlechtes Gewissen, sie stand auf und stellte sich vor mich. Dann bewegte sie sich wie eine geile Nutte und törnte mich wieder an. Kuschelmusik lief ja schon im Hintergrund, doch als gerade Cockers „You can leave your hat on" kam, das passte ziemlich gut!

Als sie sich umdrehte und mit ihrem knackigen Arsch mir vor dem Gesicht hin und her wackelte, war es um mich geschehen. Mein Dong war wieder der Alte! Steif zuckte er und wollte Pussy spüren. Susannes Pussy! Susanne hatte es geschafft, dieses XXL-Weib aus meinem Kopf zu tanzen. Sie drückte mich mit dem Rücken aufs Bett, riss eine Kondompackung auf und streifte mir ein neues, weißes Präservativ über. Dann senkte sie ihren schwarzen Busch über mein Becken, bis er drin war. Tiefer, immer tiefer ließ sie mich hinein. Bis zum Anstoß. Geil! Endlich hatte ich es geschafft: Ich hatte mein Traumgirl Susanne im Bett, schlief mit ihr. Und sie schlief mit mir. Ich überließ ihr Tempo und Intensität, und spürte, dass sie eine äußerst begabte Reiterin war. Susanne ritt sanft und leidenschaftlich, sie hatte den richtigen Rhythmus drauf.

„Wenn Du willst, darfst Du", strahlte sie mich an. Ich mache es gern als Missionar. Schon damals. Doch mir gefiel die reitende Susanne so gut, dass ich erwiderte: „Mach Du so weiter, es ist gerade wunderschön für mich." Die Susanne strahlte, küsste mich und ritt weiter. Dann drehte sie sich um 180 Grad auf mir, ohne dass mein Dong Luft abbekam. Sehr gelenkig war sie. Mit ihrem Po zu mir ritt sie, bis ich meinen Orgasmus bald spürte. „Drehen, drehen!", schob ich Panik, denn ich wollte im Moment meiner Glückseligkeit ihr in die Augen sehen.

Sie gehorchte, ritt wieder vorwärts und schenkte mir 20 Sekunden später einen wundervollen Höhepunkt. Ich schaute ihr tief in die Augen und sah das Paradies. Nachdem Susanne das Gummi entsorgt hatte, kuschelte sie sich zu mir: „Und, hat sich die Anstrengung der letzten Monate für Dich auch wirklich gelohnt?" „Und wie!", küsste ich sie. „Es war noch schöner, als ich es mir erträumt hatte."

„Für mich war es auch wunderschön", zwinkerte Susanne und küsste meine Augen. So lagen wir da. „Hast Du noch einen Wunsch, Süßer, oder bist Du glücklich?", fragte sie mich nach einer Ewigkeit. „Eigentlich bin ich wunschlos glücklich, aber wenn ich noch einen Wunsch frei hätte, würde ich mir einen Blowjob von Dir wünschen." Die Susanne richtete sich auf: „Du weißt echt, wie Du von Mädels bekommst, was Du möchtest, Schlingel."

Hast auch mich schon längst um den Finger gewickelt." Ja, der Womanizer hatte es schon damals drauf. Die schöne Schwarzhaarige begab sich in heißer Position zwischen meine Beine und legte los.

Blasen konnte sie leider nicht ganz so genial wie ficken, aber es reichte locker aus, um mir nach 5 Minuten einen Cumshot zu bescheren. Diesen schluckte sie nicht, aber wichste mich auf ihre kleinen, formschönen Brüste aus.

Danach wollte Susanne unbedingt, dass ich noch bleibe. Okay, ich hatte nichts vor, sie auch nicht. Also gab ich zu Hause Bescheid. Wir bestellten uns Pizzen und schauten einen Bond auf 007-Video. Ja, damals gab es noch Video! Danach fing sie wieder an zu fummeln: „Magst Du mal auf mich drauf?" Diese rhetorische Frage musste ich nicht beantworten. Ich tat es!

Mit frischem Gummi steckte ich meinen Schwanz in den schwarzen Haarteppich und fand die Öffnung zum Glück. Ich schlief behutsam mit ihr, bis sie mir gestattete, „schneller und kräftiger" zu arbeiten. Der Held, der ich war und bin und immer sein werde, erfüllte der süßen Maus diesen Traum. Als ich ihr Doggy vorschlug, wurde sie schüchtern: „Ich weiß nicht, das habe ich ehrlich gesagt noch nie gemacht." „Das ist superschön", überredete ich Susanne.

„Okay, aber bitte vorsichtig", bat sie mich, während sie sich hinkniete und mir ihren 18-jährigen Hintern hinstreckte. Ich hielt ihn gut fest und lochte ein. Sie vertraute mir und genoss den Fick. Ich kam. Ich blieb die Nacht bei ihr, am nächsten Morgen besprachen wir unsere Zukunft: „Es war wunderschön mit Dir", dankte sie mir für alles, „aber mehr will ich nicht von Dir. Naja, eigentlich schon, aber ich möchte nicht abgestempelt werden als eine von vielen, die Du auch gehabt hast.

Dein Ruf und so, Du weißt schon. Meinen Eltern würde das nicht gefallen. Ich hoffe, Du kannst das verstehen." Nun ja, ich hätte gerne noch öfter Sex mit der Maus gehabt, doch auf Diskussionen oder Betteleien hatte ich keine Lust. Ich hatte sie ja gehabt. Ziel erreicht. Wir blieben gute Freunde und ich trieb es schnell wieder mit anderen Mädels.

Jasmin

Dieser Sex war ein Besonderer für mich, denn er passierte gefühlt mit einer Schwester. Ich war 20 und gerade von zu Hause ausgezogen. Abi und Studienplatz in der Tasche. Kohle für eine eigene Mietwohnung hatte ich nicht, bekam ich auch nicht von meinen Eltern, ich sollte mich selbst durchschlagen. Also WG. Es war eine 3-Zimmer-Wohnung, in die ich hineinkam, die ich mir mit Fabian und Irena teilte. Fabian, 24, studierte Ingenieurwesen. Irena, 22, Bäckerei-Fachverkäuferin, mollig. Beide nett und selten da. Irgendwann zog Irena aus und Almut ein, eine 27-Jährige, 2 m große Erzieherin, die genauso aussah, wie sie hieß: Sehr alternativ. Aber superlustig war sie. Ich hatte viel Spaß mit ihr. Dann zog Fabi aus und Karl rückte nach. Doch Karl zog kurz darauf wieder aus. Timm folgte. Der 23-jährige Stuntman war eine coole Sau und ständig unterwegs. Beruflich wie privat. Als Almut ging, kam Jasmin. Diese Jasmin war eine sehr hübsche Jasmin. Gerade 20 geworden, mein Alter also, in Ausbildung zur Hotelfachfrau.

Sie sah aus wie Selena Gomez: Dunkelhaarig, schlank, mädchenhaft, sexy. Sie stellte mir beim Einzug ihren Freund vor: Ahmed, einen Ägypter, Animateur, mit dem sie eine Fernbeziehung führte. München – Hurghada. Die beiden hatten sich 6 Monate zuvor bei Jasmins Mädchenurlaub in einem Hurghada-Hotel kennengelernt. Sie hatte sich voll in ihn verliebt. Er auch in sie? Oder war er auf die Chance aus, nach Deutschland zu kommen? Ein langer, schlaksiger Kerl mit brutalen Gesichtszügen starrte mich an. Ich bekam Angst. Die beiden passten nicht zusammen. Paar Tage später war Jasmin eingezogen und Ahmed wieder in Ä, wo er sicher alle paar Tage eine Touristin flach legte. Jeden Abend skypten sie.

Ich hörte sein gebrochenes Deutsch, sah ihren verliebten Blick. Armes, unwissendes Ding! Das Zusammenleben mit Jasmin und Timm war sehr angenehm. Timm war on the road, Jasmin und ich verstanden uns supi. Sie bekam viel von meinen ständig wechselnden Frauengeschichten mit und nahm sich den Spaß, meine Errungenschaften von 1 bis 10 zu bewerten.

10 war Top, 1 war Flop. Ich bekam meist eine 8 oder 9 von ihr, manchmal eine 10, denn die Mädels, die ich anschleppte, waren von höchster Qualität. Nicht nur optisch, auch im Bett. Zumindest die meisten. Hin und wieder philosophierten wir über Gott und Sex. Sie verstand meine schnelle Welt nicht und dass man Sex mit jemandem haben könne, den man nicht liebt. Sie könne das nicht. Sie liebe Ahmed. Nach und nach wurden wir wie Bruder und Schwester. Alle 2 Monate war sie 1 Woche bei ihrem Stecher in Ägypten oder er war für 1 Woche hier. Sie zahlte alles. Dafür sparte sie überall. Daher finanzierte ich sie mit meinem Nebenjob, Model, ein wenig. Ich hatte regelmäßig Shootings und verdiente gutes Taschengeld. Jasmin durfte von meinen Einkäufen mitessen. Sie dankte mir dafür. Oft sah ich sie leicht bekleidet oder sogar nackt, sie hatte mehr und mehr ihre Hemmungen verloren und genierte sich nicht, nackt nach dem Duschen durchs Wohnzimmer zu laufen oder sich oben ohne zu schminken.

Genieren brauchte sie sich auch nicht mit ihrem Sensationskörper. Jasmin hatte einen wunderschönen Body: Stehende Brüste, mädchenhafte, zugleich sexy Rundungen, ästhetische Oberschenkel, Traumhintern und einen getrimmten Schamhaarstrich in pechschwarz, der ihren Venushügel schmückte. Sie gefiel mir ungemein, doch war tabu für mich, wegen dem Ahmed. Auch wegen ihrer Einstellung zu Sex und Liebe. Egal, ich hatte eine Menge anderer Göttinnen.

Eines Abends hörte ich sie heulen in ihrem Zimmer. Ich klopfte und trat ein. Timm war wie immer nicht da. Da lag die kleine Maus und heulte sich nackt auf dem Bett die Seele aus dem Leib. „Was ist denn los?", fragte ich sie. „Der Ahmed ist so ein Schwein", schluchzte sie. „Er hat Nacktfotos von mir gemacht und erpresst mich. Er will Geld. Er hat mich die ganze Zeit verarscht." „Das hätte ich Dir gleich sagen können", wollte ich sagen, verkniff es mir aber.

Nicht draufhauen, wenn jemand am Boden liegt, das gehört sich nicht. „Was sind das für Bilder?", fragte ich. „Schlimme?" „Ja", stöhnte sie, „hier, sieh mal." Sie klickte ihren Laptop an und öffnete ihr Postfach, dann die Erpresser-Bilder, die ihr Ahmed als Beweis geschickt hatte. Es waren 7 Fotos.

Alle geschossen hier in ihrem Zimmer, wohl, als ich mal nicht da war. Foto 1: Jasmin oben ohne. Wunderschön, aber harmlos. Foto 2: Jasmin liegend auf dem Bett, splitternackt. Wunderschön, aber harmlos. Foto 3: Jasmin kniend, mit Po in die Kamera. Wunderschön, aber anrüchig. Man konnte sie nicht eindeutig erkennen. Foto 4: Jasmin auf dem Rücken liegend, ihre rechte Hand an ihrer Muschi, Selbstbefriedigung symbolisierend. Puh! Foto 5: Eine Hand umfasst einen Schwanz. Es muss Ahmeds sein. Lang und dünn war er. Die Hand war definitiv Jasmins, ich konnte es an den Fingern und den Ringen zuordnen. Ihr Gesicht war nicht zu sehen, also nicht so wild. Nun wurde es pikant. Foto 6: Ein Blowjob-Bild. Aufgenommen aus liegender POV-Position. Jasmin kniete vor Ahmed und hatte seinen Dong in Hand und Mund. Foto 7 noch schlimmer: Jasmin reitend auf Ahmed. Sie war deutlich zu erkennen. Alle Fotos wurden mit ihrer Einwilligung gemacht. Sie hatte Ahmed vertraut, wie sie mir sagte:

„Er wollte das unbedingt, hat mir gedroht, sonst Schluss zu machen, wenn ich nicht mitmache. Er meinte, für einsame Stunden brauche er das. Da habe ich Ja gesagt. Ich habe mir nichts dabei gedacht. Wollte ihm eine Freude machen und ihm meine Liebe zeigen." Du armes, naives Ding! Ich hatte das Bedürfnis, ihr den Kopf zu waschen, doch hielt mich zurück. Ihr zu helfen war wichtiger. Ich überlegte. Ahmed wollte 3.000 Euro, die sie nicht hatte. Ich hatte sie, aber wollte nicht zahlen.

„Was ist Stand der Dinge in Sachen Beziehung mit Ahmed?", fragte ich. „Aus und vorbei! Ich will mit dem Schwein nichts mehr zu tun haben. Der kann mich am Arsch lecken!" Das hätte ich gerne getan, zumal ihrer nackt vor mir lag, aber mir kam eine Idee. Eine gewagte: „Gib dem Ahmed Bescheid, er könne sich das Geld hier abholen kommen. Danach willst Du ihn nie wieder sehen." „Hä?", schaute sie mich ungläubig an. „Lass den Burschen kommen, ich kümmere mich um ihn.

Hab keine Angst, ich regle das für Dich. Ich werde ihm eine Abreibung verpassen, die er nie vergessen wird. Ist Dir das recht?" „Wie meinst Du das? Willst Du ihn schlagen?" „Sagen wir so: Ich werde ihm ausdrücklich zu verstehen geben, dass er Dich in Ruhe lassen soll."

„Du kannst ihm ruhig richtig wehtun, diesem Schwein!" Wir schrieben Ahmed im Namen von Jasmin, dass das mit 3.000 Euro okay gehe, dafür er aber die Fotos sofort löscht bei der Geldübergabe. Er schluckte den Braten und buchte einen Billigflieger auf seine Kosten. Ankunft Freitagabend, Rückflug am folgenden Samstagmorgen. Ich rief meinen Kumpel Jack an, ein Tier. Jack war mit Mitte 20 Rausschmeißer in einer düsteren Ecke Münchens, groß und stark wie ein Bär. Er hatte viel Scheiße durchmachen müssen und sah furchteinflößend aus. Ich trainierte öfter im Fitnessstudio mit ihm. Ich wusste, der kennt keine Gnade und zieht mit, wenn es darauf ankommt. Ich erzählte ihm von Jasmin und Ahmed und meinen Plan. „Der Penner kommt am Freitag um 22:40 Uhr am Flughafen an. Ich hole ihn ab und fahre ihn in den Wald. Dort wartest Du. Und zu zweit werden wir dem Scheißer eine Abreibung verpassen, die er nicht vergisst. Keine Gnade. Sein Rückflug ist Samstagfrüh, wir lassen ihn im Wald zurück, sein Problem, was aus ihm wird. Er soll für diese Scheiße büßen." „Bin dabei", strahlte Jack, der sich gerne schlägerte, aber noch nie einen Fight verloren hatte.

Als Jasmin schrieb ich Ahmed, dass er vom Flughafen mit dem Bus nach Hallbergmoos fahren solle, dort würde ihn jemand abholen. Es war 23:30 Uhr, als er ankam. Als der Bus weg war und kein Mensch mehr in Reichweite, schaltete ich die Leuchte meines Leihautos an, sodass mich Ahmed sah und herkam. Ich begrüßte ihn und meinte, ich regle das mit der Geldübergabe für Jasmin. Er war einverstanden.

Ich fuhr ein paar Kilometer bis zu besagtem Waldstück, wo Jack im Dunkeln wartete. Ich meinte, ich müsse kurz pinkeln. Ich stieg aus und verschwand. Gemeinsam mit Jack kam ich wieder. Als Ahmed uns sah, wusste er, dass seine Zeit gekommen war. Panisch versuchte er zu fliehen, aber beide Türen waren von uns blockiert.

Jack zerrte ihn aus dem Auto und schüttelte ihn durch. Ahmed versuchte sich mit einem Tritt in Jacks Eier zu befreien, doch Jack zuckte nur und schlug zu. Ahmed ging sofort zu Boden. Schwer angeschlagen stöhnte er vor sich hin und versuchte sich zu berappeln. Jack trat zu, voll in die Rippen, die ich krachen hörte. Auweia.

Armer Ahmed, aber die Strafe hatte er sich verdient. Ich wollte nicht eingreifen. Jack machte gnadenlos weiter und schlug ihm einen Zahn aus. Können auch 2 gewesen sein, in der Dunkelheit sah ich das schlecht. Blut sah ich, aus Ahmeds Mund und von seiner Stirn kommend. Der Schlacks hatte nicht den Hauch einer Chance gegen Jack. Derweil schnappte ich mir Ahmeds Handy und suchte die Nacktfotos von Jasmin. Bevor ich sie löschte, schickte ich sie mir und löschte den Verlauf. Raus aus dem Papierkorb. Der Jack machte weiter. Lebte Ahmed noch? Ich ging dazwischen, zog Ahmed am Kragen hoch und starrte in sein Gesicht, das ich kaum wiedererkannte, voll zugeschwollen. „Hör zu, Penner", drohte ich, „Du lässt Jasmin in Ruhe, sonst endet es noch übler. Du bist eine ganz miese Bazille, Du Dreckskerl." Tritt von Jack.

„Du steigst morgen in den Flieger und kommst nie wieder. Gnade Dir Gott, wenn Du Jasmin noch einmal anschreibst, anrufst und sie unter Druck setzt, dann wird Jack Dich finden." Tritt Jack. „Und Dich richtig fertigmachen." Tritt Jack. „Dann jagen wir Dich bis ans Ende der Wüste und werfen Dich dem größten Nil-Krokodil vor. Und wage es nicht, zur Polizei zu gehen, das würde nach hinten losgehen. Wir haben uns ein Alibi für jetzt gerade besorgt.

Wir sind nämlich bei Jasmin, versteht Du? Die wird das bezeugen. Außerdem haben wir Deine Erpresser-Mail. Mal sehen, was die Polizei dazu sagt, hä? Dann würdest Du hier in den Knast kommen, und Du möchtest nicht wissen, was deutsche Gefangene mit Dir anstellen. Dagegen ist das, was Jack Dir gezeigt hat, harmlos." Tritt Jack. Ich zog Ahmed hoch: „Hast Du noch irgendwelches Foto- oder Videomaterial von Jasmin? Sag, sonst prügelt Jack das aus Dir heraus." „Ja", wimmerte Ahmed mehr tot als lebendig, „ich habe noch 2 Videos und noch paar Fotos." „Wo? Her damit!"

Ich durchsuchte Ahmeds Handy, aber fand nichts. „Sind verschlüsselt", stöhnte er. „Entschlüssle!", befahl ich und drückte ihm sein Tastenteil in die blutigen Hände. Ahmed bemühte sich. „Hier", überreichte er mir das Handy. Ich mailte die Inhalte des Ordners an mich, löschte von seinem Gerät alle Daten, den Post-Ausgang an mich und den Papierkorb.

Somit hatte er nichts mehr in der Hand gegen unsre Jasmin. Ich schmiss Ahmed sein nutzloses Handy vor die Füße, doch auch Jacks Füße waren in Reichweite. „Crunch" machte es, und Ahmeds Handy war Schrott. Jacks Füße waren stärker. Ein letzter Tritt von Jack in Ahmeds Fresse, dann war unsere Arbeit getan und wir fuhren von Dannen. Was aus Ahmed geworden ist ... ich weiß es bis heute nicht. Ich habe nie wieder von ihm gehört. Ich dankte Jack für seine Mitarbeit, dem es ein Vergnügen war. Zu Hause angekommen, fiel mit Jasmin um den Hals und wollte wissen, was passiert war. „Keine Sorge", beruhigte ich sie, „alles gut. Ahmed hat seine Lektion erhalten und wird Dich nie wieder belästigen. Er ist in keinem Besitz mehr von bloßstellenden Fotos oder Videos von Dir." „Videos?", fragte Jasmin ungläubig. „Ja, er hatte 2 Videos von Dir angefertigt, und noch andere Fotos. Ich habe sie aber auf seinem Gerät nicht gefunden. Die waren verschlüsselt.

Schließlich hat er entschlüsselt und ich habe alles gelöscht. Somit bist Du eine freie Frau. Er hat nichts mehr gegen Dich in der Hand." „Danke, mein Held", fiel sie mir noch enger um den Hals. „Wie kann ich das wiedergutmachen?" „Komm, wir löschen die Fotos bei Dir, die er geschickt hat, dann feiern wir", schlug ich vor. Jasmin war überglücklich und kuschelte sich in meinen Arm. Auch die nächsten 2 Stunden, die wir einen Film schauten, dann einschliefen.

Am nächsten Abend zog ich mich in mein Zimmer zurück und sperrte ab. Unbedingt musste ich mir alle Fotos und Videos anschauen, die Ahmed von Jasmin gemacht hatte. Ich öffnete den Foto-Ordner und zählte 63 Pics. Wow! Die Bilder 1 bis 7 kannte ich, aber was dann kam, war nur geil: Jasmin mit Ahmeds Dong im Mund. Sie blies ihm einen. Er fotografierte aus verschiedenen Winkeln, Jasmins Gesicht war deutlich zu erkennen. Plötzlich war Sperma zu sehen, das aus seinem Dick kam und Jasmins Hand besudelte.

Auch in ihrem Gesicht war Sperma. Ich holte mir einen runter. Dann folgten Fotos, die sie beim Reiten zeigten. Mal vorwärts, mal rückwärts. Auch Pics, wie er Doggy in ihr war und auf ihren Arsch wichste. Die besten allerdings waren die, wie sie ihm kniend einen runterholte und er in ihr Gesicht kam.

So sündig. Ähnlich wie die ehemalige Wrestlerin Paige es tat, die Fotos kennt Ihr sicher. Dann noch Nacktbilder, Jasmin modelte für Ahmed. Ich kam brutal intensiv in die Küchenrolle und hechelte leise. Nach einem erneuten freundschaftlichen Kuschelabend mit Jasmin vor der Glotze waren vorm Einschlafen in meinem Zimmer ihre Videos dran. Aber ich schaffte nur Video 1. Es war manuell gefilmt und hielt aus der stehenden Perspektive Ahmeds verwackelt einen 14-minütigen Blowjob von Jasmin an ihm fest.

Alles war zu sehen: Wie die nackte Jasmin ihm die Unterhose runterzog und sein Glied steif wichste. Mit ihrer linken Hand. Wie sie seinen Schwanz ins Maul nahm und so süß blies. Mit der einen Hand hielt sie ihn, mit der anderen fingerte sie sich. Man hörte Ahmeds lauter werdendes Stöhnen und seine Kommentare wie „Yeah, baby, do it, baby, yeah, baby, yeah". Immer zügiger wurde Jasmins Mund- und Handarbeit, bis Ahmed immer wackeliger wurde. „Right in your face", brummte er und zuckte.

Jasmin hatte seine Penis fest im Griff und wichste ihn in ihr Gesicht. Ahmeds ägyptisches Sperma kam herausgejagt und verzierte Jasmins Lippen, Backen, Stirn, Nase, Augen. Überall ein bisschen was. Jasmin streichelte seinen beschnittenen Depp aus und grinste ihn, nicht die Kamera, an. Auch ich wurde immer langsamer, denn ich war längst gekommen.

Als Ahmed kam, kam auch ich. Ich stellte mir vor, Ahmed zu sein und Jasmins Gesicht zu beglücken. Sehr glücklich schlief ich ein. Am nächsten Morgen wurde ich früh wach: Hallo Morgenlatte! Zeit für Video 2! Diesmal war Ficken der Inhalt. Ahmeds Dong nagelte Jasmins wunderschöne Pussy zuerst auf ihr liegend, dann hinter ihr liegend, dann unter ihr sitzend und schließlich als Hundeflüsterer. Die Kamera war abgestellt und zeigte alles. Ahmeds hässliche Visage missfiel mir, dafür gefiel mir Jasmin umso mehr.

Leidenschaftlich ließ sie sich von ihrem Ex bumsen, ohne Kondom. Heiß! Dann schoss Ahmed ab. Wie konnte der Kerl nur 20 Minuten lang ficken? Ich wäre bei Jasmin schon nach 5 Minuten explodiert. Er wichste seine Papyrus-Ladung auf Jasmins knackigen Traumhintern. Ende.

Ende auch bei mir. Ich schaute nach unten, das Zewa-Tuch war feucht. Was für eine heiße Mitbewohnerin ich habe! Aber unsere Beziehung war schon zu freundschaftlich geworden. Schon damals war mir klar, dass Liebe und Sex auf der einen und Freundschaft und Geschwisterlichkeit auf der anderen Seite unterschiedliche Schuhe sind. Nicht zu vermischen miteinander. Egal. Ich hatte ja meine zahlreichen Abenteuer. Trotzdem masturbierte ich oft zu Jasmins Videos und Fotos. Die Zeit verging. Jasmin und ich waren nun Bruder und Schwester. Mittlerweile hatte sie wieder 2 kurze Beziehungen gehabt. Ihre Partnerwahl war keine gute. Komische Typen waren es. Auch ihre kurzen Affären. Junge, was die da anschleppte! Jedes Mal griff sie daneben. Ich warnte sie vor diesen Kerlen und hatte immer Recht. Sie hatte kein gutes Händchen für Männer.

Sex gab sie diesen nicht, sie war ja der Einstellung ´zuerst Liebe, dann Sex´, aber diese Typen wollten nur Sex, also war es schnell wieder aus. Jasmin hatte ihre Ausbildung erfolgreich abgeschlossen und einen Job bekommen, aber in Mannheim. Umzug also. Auszug also. Wie schade! Wir waren traurig. Sie mochte mich genauso wie ich sie. Unser letzter Abend: Jasmin hatte geladen zur großen Abschiedsparty. Viele waren gekommen, Freude und Freudinnen, die sie zurücklassen musste. Als um 2 Uhr morgens dieses Samstags alle raus waren, lag etwas Knisterndes in der Luft. Jasmin, sehr sexy gekleidet, kam zu mir aufs Sofa gekrochen und ließ sich in meinen Arm fallen. „Ich werde Dich so vermissen", seufzte sie und küsste mich auf den Mund. „Ich Dich auch", seufzte ich, „aber bitte sei etwas umsichtiger mit Deiner Männerwahl, ich mache mir große Sorgen." „Ich weiß", nickte sie. „Wenn doch mehr Männer so wären wie Du." Dann richtete sie sich auf: „Ich weiß nicht, ob das klug ist oder töricht, aber ich traue mich jetzt, Dich dies zu fragen:

Da heute unser letzter Abend ist, soll er etwas Besonderes werden. Ich weiß nicht, ob das unsere Freundschaft kaputt macht oder unsere Bindung stärkt, aber ich habe die letzten Tage immer wieder mit dem Gedanken gespielt, heute Abend Sex mit Dir zu haben. Ehrlich gesagt kommt mir dieser Gedanke immer wieder. Schon seit Monaten. Seit ich Dich kenne.

59

Das war immer tabu zwischen uns, wir vertrauen uns als Bruder und Schwester, und doch ist da mehr. Ich weiß nicht, wie Du das siehst, ich hoffe, Du reagierst nicht wütend, aber so fühle ich. Ich fände es sehr geil, habe gleichzeitig Angst, dass danach nichts mehr so ist wie jetzt. Was meinst Du?" Sie sah mich mit ihren Haselnuss-Augen an. „Danke für Dein Vertrauen und den Mut, dass Du das gesagt hast. Süße, diese enge Bindung, die wir haben, kann durch nichts zerstört werden. Wir werden immer Bruder und Schwester sein, uns vertrauen und unterstützen. Und gleichzeitig spüre auch ich diesen Drang auf mehr mit Dir. Du bist eine superhübsche Frau, sexy, sehr anziehend. Du gefällst mir sehr. Ich habe die Zeit, die wir zusammen wohnen, immer wieder mir vorgestellt, wie das wäre. Aus Respekt vor Dir habe ich diese Gedanken immer beiseitegeschoben.

Nun, an unserem letzten Abend, könnten wir es tun. Ich wäre damit eiverstanden. Und ich verspreche Dir: Meinerseits ändert das nichts im Umgang mit Dir. Im Gegenteil: Ich denke, durch das Vertrauen, das wir füreinander haben, kann das eine bereichernde Erfahrung für uns werden und uns noch enger zusammenschweißen. Lass uns Liebe machen, diese eine Nacht, und damit unsere Treue für immer beschwören."

Ja, schon damals war ich ein exquisiter Rhetoriker. Ein Zungenakrobat, nicht nur im Bett. Jasmin strahlte und küsste mich zärtlich. Ich erwiderte diesen Kuss. „Okay, dann soll es so sein!", lächelte sie und zog mich zu sich ins Bett. „Lass es uns wunderschön gestalten", hauchte sie mir zu. „Ich möchte mich noch frisch machen." „Okay, da komme ich mit." Gemeinsam zogen wir uns aus und starteten die Brause.

Mitbewohner Timm war nicht da, wir waren ungestört. Als wir uns unter der Dusche nackt gegenüberstanden, musste ich sie küssen. Zärtlich mit Zunge. Gleichzeitig umarmte ich ihren nackten Körper und drückte sie an mich. Es fühlte sich so vertraut, so eng, so eins, so richtig an.

Dann seifte ich sie ein: Ihre Titten, ihre Arme, ihren Rücken, ihren Po, ihre Beine, endlich ihre Muschi. Ihr schwarzer Schamhaarstrich war lang und dicht. Stand ihr! Als ich über ihre Muschi fuhr, begann sie zu zittern. Währenddessen wurde mein Penis steif.

Erst recht, als sie mich mit der Duschlotion einseifte: Meine Brust, meinen Bauch, die Arme, den Rücken, meinen Po, die Beine, endlich meinen Dong. So oft hatte ich davon geträumt, nun wurde es Wirklichkeit. Jasmins rechte Hand streichelte ihn so süß, dass ich fast durchdrehte. Wie eine Prinzessin trug ich Jasmin in ihr Zimmer und legte sie auf ihr Bett. Dann kroch ich zu ihr. „Sag mir, was Du magst, und was nicht." Sie: „Ich mag alles. Küssen, streicheln. Beidseitig oral. Miteinander schlafen. Am liebsten die Missionarsstellung. Reiten. Ich schlucke auch." Ich legte mich auf sie und küsste sie. Ihr Schamhaarstrich rubbelte an meinem Penis. Jasmin küsste ausgezeichnet. Ich küsste sie tiefer, den Hals entlang. Hätte nur jede Frau solch wunderschöne Titten! Tiefer ihren Bauch, bis ich die ersten Haare spürte. Weiter, bis ich ihre Schamlippen spürte. Weiter, bis ich die kleine Jasmin spürte.

Ihre Clit pulsierte wahnsinnig. Ebenso pulsierte Jasmin, die immer lauter stöhnte, als der Womanizer sie oral befriedigte. Ich leckte sie zärtlich und intensiv, bis sie nach 6 Minuten kam. Ihr Orgasmus fiel hemmungslos aus. Er muss klasse gewesen sein. Ich leckte weiter. Diesmal nahm ich meine rechte Hand mit und fingerfickte ihre Röhre zusätzlich. Mit der linken Hand schob ich ihren Venushügel nach oben, um ihre Klitoris komplett freizulegen.

2 Minuten später folgte Jasmins zweiter Orgasmus. Danach brauchte sie Pause. „Wunderschön", stöhnte sie. „Dito", küsste ich sie. Nun drehte sie den Spieß um: Sie küsste mich auf den Mund, dann tiefer: Hals, Brust, Bauch, Schwanz. Dann nahm sie ihn in den Mund und begann zu blasen. Oh mein Gott: Diese Frau konnte blasen!! In meiner ewigen Bestenliste zählt sie zu den Top-5-Bläserinnen. Eine einzigartige Mischung aus Mund- und Handarbeit bescherte mir nach 4 Minuten das Ende.

Jasmin schluckte alles. Göttlich blies sie zu Ende und streichelte meinen Penis, bis ich sie in den Arm zog. Wortlos genossen wir unsere erste und letzte gemeinsame Nacht. Aber wir wollten mehr Sex, mehr Befriedigung, mehr dieser geilen Momente. Schon begann ich sie wieder zu lecken: Zuerst mit Zunge zu O1, dann mit Zunge und Händen zu O2. Dann blies sie mich, aber diesmal nur 1 Minute.

Dann zog sie mir ein Kondom über und öffnete ihre Beine. Als Missionar drang ich ein und verschmolz mit ihr. Dieser Sex war einzigartig. Ich fickte Jasmin, bis sie reiten wollte. Nein, sie entschied sich um und hielt mir ihren Arsch entgegen: Doggy. Ich steckte ihn ihr tief rein und rammelte ihren Po rot. Dann Reiten. Mit Blickkontakt begann das Pferd-und-Reiterin-Spiel. Ich starrte in ihr engelhaftes Gesicht und auf ihren Irokesenstrich, wie er in Bewegung länger wurde. So wollte ich kommen.

Ich schoss meine zweite Ladung ins Präservativ. Arm in Arm schliefen wir ein. Am nächsten Mittag verließ mich Jasmin. Wir nutzten den Vormittag für eine letzte Runde Sex. „Süße, ich habe eine pikante Frage. Ich würde so gern unseren letzten Sex aufnehmen, als Erinnerung für uns an dieses Highlight. Ich werde Dich schrecklich vermissen, und diese Aufnahme würde mir unwahrscheinlich viel bedeuten. Was sagst Du?"

„Ich weiß, dass ich Dir vertrauen kann. Ja, diese Idee ist eine gute. So halten wir für uns diesen wunderschönen Moment fest, bis in alle Zeiten." Ich holte meine Cam aus dem Schrank und platzierte sie optimal aufs Bett gerichtet. Rekord. Überaus sinnlich und zärtlich ging es wieder los. Wir küssten uns und ich bescherte ihr 2 orale Orgasmen. Dann blies sie mich. Ich lag auf dem Rücken und entspannte, während sie kniend erstklassige Arbeit leistete. Ich kam heftig. Alles in ihren Mund. Pause. Rekord. Runde 2. Diesmal miteinander schlafen.

Wir starteten Löffelchen, dann Doggy, dann ich Missionar, dann sie Reiterin. Als ich ihr meinen Orgasmus andeutete, stoppte sie und zog mich hoch. Ohne Gummi wollte sie es beenden. Sie kniete sich vor mich stehendem Womanizer und blieswichste mich über die Grenze. Für den Shot wurde aus der ruhenden Kamera eine bewegliche. Ich filmte von oben. Geil sah es aus, wie Jasmin meinen Penis blies, bis er kam. Schon war er aus ihrem Mund und sie masturbierte ihn leer.

Meine Spritzer verteilten sich in ihrem Gesicht und auf ihrer Brust und liefen runter bis ins Gebüsch. Unten Tränen verabschiedeten wir uns. In Mannheim fand sie dann Christof, einen Zahnarzt, mit dem sie nun verheiratet ist und 2 Kinder hat. Bis heute habe ich engen Kontakt zu ihr. Und bis heute schaue ich mir immer wieder unser geiles Sex-Tape an.

Pippa; Emma; Becky

Ich war Anfang 20. Ein spannendes Praktikum schickte mich 2 Wochen nach Irland, um dort bei einer TV-Gesellschaft, die mit unserer kooperierte, zu lernen. Mein erstes Mal Irland. Belfast. Die Hauptstadt von Nordirland und die zweitgrößte Stadt der wunderschönen irischen Insel. Belfast hat 340.000 Einwohner und liegt an der Mündung des Flusses Lagan. Die Stadt besitzt den Status einer City und bildet einen der 11 nordirischen Verwaltungsbezirke.

In der Innenstadt das Theater, erbaut 1894 durch Frank Matcham. Gegenüber liegt der bekannteste Pub, der Crown Liquor Saloon. An der Donegall Street die Kathedrale St. Anne´s der anglikanischen Church of Ireland. Das Schloss auf dem Cavehill geht auf eine Normannenburg des 12. Jahrhunderts zurück. Die Queen´s University hat 25.000 Studenten. An der Antrim Road im Norden Belfasts liegt der Zoo der Stadt.

An meinem ersten Arbeitstag lernte ich Becky kennen. Sie war meine Teammanagerin und Vorgesetzte. 30. Rothaarig. Sexy! Wir sprachen englisch. Für mich kein Problem. Aber der irische Akzent ist nicht ohne. Zuerst verstand ich sie kaum, aber nach und nach verstand ich mehr und mehr Worte aus ihrem hübschen Mund. Ich fand sie süß und wollte sie, doch wollte mich nicht blamieren oder mir Ärger einhandeln. Also beobachtete ich die Lage und hielt mich höflich zurück. Vorerst.

Dafür wurde ich von Pippa angemacht. Pippa war so alt wie ich, 21, und arbeitete dort gerade mal ein halbes Jahr. Probezeit vor wenigen Tagen bestanden. Normal aussehend. Nichts Besonderes. Aber auch nicht abstoßend. Eine Durchschnittsfrau. Nette Figur, unauffälliges Gesicht. Ich arbeitete eng mit ihr und spürte, dass ich ihr gefiel.

Am dritten Tag flirtete sie mich vor Dienstschluss an: „Hast Du heute noch was vor?", fragte sie. „Nein", meinte ich, „vielleicht die Innenstadt anschauen, mehr nicht." „Ich kann Dir einiges zeigen", lächelte sie, „ich bin hier geboren, kenne mich bestens aus." Auf eine Führung hatte ich Lust, vor allem auf eine, die in ihrem oder meinem Bett enden könnte.

Ich sagte zu. Um 16:30 Uhr verließen wir die Firma und Pippa führte mich herum. Ihre kurzen, schwarzen Haare ließen sie älter aussehen. Ihr Gesicht war rund, ihr Po ein wenig zu dick für ihren Oberkörper. Sonst eine normale 21-Jährige. Sie erzählte mir, dass sie vor 2 Wochen Schluss mit ihrem Freund gemacht hatte, weil er sie betrogen hatte. „Magst Du meine Wohnung sehen?", fragte sie mich gegen 18:30 Uhr. „Wenn Du magst, koche ich auch für Dich."

Klar sagte ich „Klar". Sie führte mich in ein Mehrzimmerhaus, ihr gehörte eine Wohnung im 2. Geschoß. „Hier wohne ich, gehört meinem Vater. Hat er für mich gekauft", protzte sie. Ich staunte. 2 Zimmer waren es, aber schön und großzügig geschnitten. Dazu Küche und Bad. „Nett hast Du es hier", lobte ich sie. Sie überreichte mir ein kühles und kochte Irish Stew.

Irish Stew schmeckte gut. Ich haute mir meinen Magen voll. Als Nachtisch gab es Pancakes mit Marmelade. Diese Pippa konnte für ihre 21 verdammt gut kochen! Nun wurde es romantisch. Sie legte eine CD ein und gesellte sich mit mir aufs Kuschelsofa. „Hast Du schon einmal ein irisches Mädchen gehabt?", fragte sie mich schließlich mit hohem Wimpernschlag.

„Ich habe schon einige Mädels gehabt, aber eine Irin noch nicht." Da neigte sich Pippa zu mir und küsste mich. Sie schmeckte süß, nach Pancakes. Ich küsste mit. Schnell waren meine Hände unter ihrem Shirt. Kurz darauf war das Shirt weg.

Das Vorspiel wurde intensiver, bis wir nichts mehr an hatten. „Wollen wir miteinander schlafen?", fragte ich sie. „Sorry, dafür bin ich noch nicht soweit. Dafür brauche ich Zeit. Aber ich kann Dir einen runterholen." Schon damals war ich ein großer Handjob-Fan. „Ja, mach schon", bat ich sie, meine Erregung aufrecht zu erhalten. Ich lag auf dem Sofa, während Pippa zwischen meine Beine kniete und meinen Ding Dong in die Hand nahm. Ich musterte sie. Hatte schon Hübschere gehabt. Aber auch Schirchere.

Leider konnte Pippa nicht gut wichsen. Viel zu ruckartig arbeitete sie. Mädel, etwas filigraner bitte. Doch Pippa konnte nicht anders. Mehrmals nahm ich ihre Hand in meine und legte sie so um meinen Penis, wie ich es brauche. Doch sie rutschte immer wieder ab und verfiel in ihre komische Technik.

Die reichte trotzdem aus, um mich abspritzen zu lassen. Ich kam und war zufrieden. „Magst Du über Nacht bleiben?", fragte sie mich. „Heute nicht, ich habe nichts dabei. Außerdem muss ich meine Eltern anrufen, die warten auf ein Lebenszeichen von mir." „Okay", flüsterte sie, „dann bis morgen."

Am nächsten Tag arbeiteten wir erneut fleißig zusammen, sprachen aber kaum über uns. Erst vor Feierabend fragte mich Pippa, ob ich erneut zu ihr kommen wolle. Ich sagte zu. Zusammen gingen wir zu ihr. Sie kochte Shepherd´s pie. Schmeckte noch besser als Irish Stew. Danach wurde es romantisch. Wir küssten und zogen uns aus. „Magst Du heute mit mir schlafen?", fragte ich. Doch wieder erteilte sie mir eine Abfuhr und wollte wichsen. „Kannst Du auch blasen?", wollte ich wissen. Sie hätte sicher gekonnt, aber sie wollte nicht. Na gut, dann ließ ich sie wieder an mir herummasturbieren. Diesmal war ihr Griff besser als Tags davor und ich kam schon nach 5 Minuten. Diesmal hatte sie es auch mit der anderen Hand gemacht. „Möchtest Du, dass ich Dich verwöhne?", fragte ich sie. „Ja, gerne", lächelte sie schamhaft und legte sich in Position.

Der junge Womanizer streichelte ihren Körper und rubbelte ihre Clit, während er knutschte. Sie kam. Als Belohnung gab es noch Oralsex von mir für sie. Ich leckte ihre teilrasierte Muschi zu 2 weiteren Highlights. Sie schmeckte seltsam da unten, eine Duftnote, die ich einfach nicht zuordnen konnte. Nicht schlecht, aber auch nicht nach heiliger Rose. Anders einfach.

Pippa war glücklich und wollte unbedingt, dass ich bei ihr schlafe. Tat ich diesmal, da ich mit ihrem Wunsch gerechnet hatte. Am dritten Abend dann endlich mehr: Sie blies mir einen. Leider nicht gut. Ihre Zähne waren spitz bei der Sache, und sie blies mehr, als dass sie lutschte. Ich war am Verzweifeln, da ich nicht kommen konnte. „Mach es mit der Hand zu Ende", bat ich sie schließlich.

So erlöste sie mich und ich bekleckerte ihre Brüste. Ein Nippel war durchstochen. Danach leckte ich sie glücklich und schlief in ihrem Arm ein. Weitere Lust auf Pippa hatte ich nicht, also ließ ich mir für die kommenden Abende Ausreden einfallen. Nach der dritten schenkte ich ihr klaren Wein ein. Das hatte Konsequenzen für mich.

2 Tage später zitierte mich Becky zu sich ins Büro. Es war 17 Uhr, eigentlich längst Feierabend für mich, da fing sie an: „Ich habe gehört, dass Du was mit Pippa hattest. Stimmt das?" „Ja", nickte ich, „ist das verboten?" „Nein, aber sie hat sich bei mir ausgeheult, dass sie sich benutzt von Dir vorkommt, weil Du sie abserviert hast." „Nun ja, wir hatten nette Abende zusammen, aber so nett waren die halt auch nicht, dass ich das jeden Tag brauche", erklärte ich Becky.

„Was hat sie denn falsch gemacht?" „Ich glaube nicht, dass das hierher gehört", konterte ich selbstbewusst. „Ich denke, die Details sind Privatsache. Aber ich bin ein freier Mann und darf doch entscheiden, mit wem ich eine Nacht verbringe oder nicht." „Ja, sicher. Aber sie hat sich abserviert gefühlt von Dir. Und ist jetzt sehr traurig." „Sorry, dafür kann ich nichts." „Du musst Dich vor mir nicht rechtfertigen, ich habe Deinen Standpunkt verstanden. Aber mal unter uns: Warum hast Du kein Interesse mehr an ihr?"

„Unter uns? Sie ist nicht gut im Bett. Unerfahren und einfach nicht lernfähig." Becky schüttelte den Kopf: „Typisch Kerl." „Was heißt das nun?", schüttelte ich den Kopf zurück. „Lass uns gehen, wir können das in chilliger Atmosphäre besprechen, bei einem Bier, ich lade Dich ein." Ein interessantes Angebot meiner hübschen Chefin. Ablehnen wollte ich nicht. Also verließen wir ihr Office und sie führte mich in ihre Lieblingskneipe. Dort wurde es schnell privat:

„Hast Du schon viele Mädels gehabt?" Ich setzte mein Womanizer-Grinsen auf: „Viele? In der Tat." „Wie viele?" „Der Gentleman schweigt und genießt", grinste ich. „Aber Du kannst mir glauben, ich bin schon im dreistelligen Bereich angekommen." „Soso, dann hast Du also eine Menge Erfahrung mit den Frauen." „Kann man so sagen."

„Aber wahrscheinlich hast Du nur Mädels gehabt bisher. 18-Jährige, 20-Jährige, 22-Jährige, die alle noch keine große Erfahrung haben und nicht wissen, wie Sex richtig geht." „Da irrst Du Dich gewaltig", korrigierte ich. „Auch Frauen in Deinem Alter waren dabei. Einige sogar. Die stehen auf mich, weil ich weiß, was Frauen wollen."

„Soso", lächelte Becky. „Ich wäre fast versucht, es darauf ankommen zu lassen." „Ich stehe bereit", schoss es aus mir heraus. „Nicht so schnell, Du Playboy", bremste sie, „ich sagte: Ich wäre fast versucht, es darauf ankommen zu lassen. Ich sagte nicht, dass ich es darauf ankommen lasse." „Wie kann ich Dich überzeugen, es darauf ankommen zu lassen?" „Knutsch mit mir. Du hast eine Minute Zeit. Wenn Du mich überzeugst, erhältst Du Deine Chance." Ich wollte loslegen, doch sie blockte ab: „Nicht hier." Sie zahlte und wir gingen vor die Tür. Ein paar Straßen weiter, ums Eck. In einer kleinen Nische meinte sie: „So, Deine Minute läuft." Ich drückte mich an sie und küsste sie so intensiv ich konnte. Kuss. Kuss. Mit Zunge. Solange, bis sie mich wegdrückte. „Deine Minute ist um", lächelte sie teuflisch. „Und, wie war ich?" „Gut, aber nicht gut genug", konterte sie, „das reicht nicht für mich. Sorry. Hab noch eine schöne Nacht."

Sagte sie und ließ mich stehen. Da stolzierte sie in ihrem Minirock dahin. Schlampe! Ich war wütend. Fühlte mich betrogen. Ich setzte mich auf eine Bank und versuchte, mich zu erholen. Doch Beckys ablehnendes Verhalten setzte mir zu. Mir kamen die Tränen. Zurückweisung ist etwas, mit dem ich nicht gut klarkomme. Vor allem, wenn es um Sex geht. Ich saß da wie ein Häufchen Elend, mein Kopf in meinen Händen.

Bis ich spürte, wie sich jemand neben mir auf die Bank setzte. Ich schaute auf und entdeckte ein junges Mädel, etwa 16 schätzte ich sie. Kurz darauf erfuhr ich, dass sie 18 war. Emma. „Hey, was ist mit Dir los?", fragte sie lieb. „Nichts, ist schon gut", gab ich schniefend zurück. „Hat es etwas mit der Frau zu tun, mit der Du geknutscht hast?" Sie hatte mich gesehen. Beobachtet. Observiert! Ich erzählte ihr die Story mit Becky und wie ausgenutzt ich mich fühlte.

„Sie meinte, meine Küsse seien nicht gut genug für sie. Blöde Schnepfe, derweil bin ich ein echt guter Küsser", motzte ich und rieb mir die letzte Träne aus dem Gesicht. Emma war besorgt um mich und nahm mich in den Arm. „Woher kommst Du?" Ich berichtete ihr über mich und mein Leben in Deutschland und mein 14-tägiges Arbeitspraktikum hier. Ich schien ihr zu gefallen. Schließlich meinte Emma:

„Was hältst Du davon, wenn wir heute ins Kino gehen? Da laufen gute Filme. Ich hab ohnehin nichts vor. Das lenkt Dich ab und ich kümmere mich um Dich." „Gerne, danke", stammelte ich und küsste sie auf die Wange. Wir gingen. Hand in Hand. Sie hatte nach meiner gegriffen und hielt sie fest und zart zugleich. Im Kino schauten wir uns einen guten Horrorfilm an, bei Popcorn und Cola, wie es sich gehört. Dabei kuschelte sie sich eng an mich und ich nahm sie in meinen Arm. Dieses kleine Ding gefiel mir immer mehr. Emma war 1,60 m groß und schlank. Ihre langen, braunen, lockigen Haare waren frisch gewaschen und dufteten gut. Auch sie duftete gut. Ihr Parfüm zog mich an. Sie zog mich an! Plötzlich knutschten wir. Emma war mein Geschenk des Abends. Die Kleine und ich zungenküssten und wir schenkten uns schöne Gefühle. Als der Film zu Ende war, schaute sie mich verliebt an und meinte: „Du kannst echt super küssen. Vergiss, was diese komische Frau Dir gesagt hat. Ich weiß es besser." Das ging runter wie smoothes Öl. „Ich wohne bei meinen Eltern, ist nicht so gut. Wo wohnst Du hier die Tage?" Es war eine kleine, aber feine Pension, in der ich meine 14 Tage Irland genießen durfte. „Komm mit zu mir." In meinem Zimmer durfte Emma mein Gast sein. „Warte, ich mag mich schnell noch frisch machen", säuselte sie und küsste mich. Ich machte es mir auf dem Bett gemütlich und mich nackig.

Dann kam sie. Hübsch wie eine kleine, irische Fee stolzierte sie nackt auf mich zu. Das kleine, braune Dreieck zwischen ihren Beinen sah ich zuerst. Es war gestutzt und zurechtgetrimmt, trotzdem stark. Ihre langen Haare hatte sie zum Zopf gebunden. Hatte dieser Abend also doch noch etwas Gutes! Die Schmach mit Becky war längst vergessen, nun hieß meine Welt Emma. Ich nahm sie entgegen und legte mich auf sie.

Mein Steifer drückte in ihren Bauch, was sie noch geiler machte: „Schläft Du mit mir?", bat sie mich. Ich hatte genügend Kondome mit, also holte ich eines davon aus der Schublade und streifte es mir über. Dann drang ich in ihre süße, enge Pussy ein. Emma öffnete ihre Beine weit, fast schon in den Spagat hinein, und ließ mich stoßen. Emma war die erste irische Scheide, in der ich steckte. Während ich sie fickte, knutschten wir.

Es war leidenschaftlicher Sex. Die 18-Jährige erlebte einen Höhepunkt während des Beischlafs, dann erlebte ich meinen Höhepunkt während des Beischlafs. Als wir fertig waren, bedankte sich Emma mit einem langen Kuss bei mir und meinte: „Eigentlich muss ich dieser Becky dankbar sein, dass sie so gemein zu Dir war, sonst wären wir nicht zusammengekommen."

Recht hatte sie. Wir schliefen ein. Am nächsten Morgen verabredeten wir uns für den Abend. Direkt bei mir. Ich ging in die Firma und merkte, dass mich Becky genervt anblickte, die ganze Zeit über. War mir egal. Ich hatte ja nichts verbrochen und machte meine Arbeit. Kurz vor Feierabend bekam ich die Botschaft, in Beckys Büro zu kommen. Oha! „Hattest Du Spaß gestern Abend mit der Kleinen?" Woher wusste sie das?! Hatte sie mich beobachtet? Verfolgt? Observiert? Ausspioniert?

„Woher weißt Du denn das?", fragte ich sie direkt. „Ich habe es gesehen." „Du bist doch gegangen", korrigierte ich sie. „Schon, aber dann bin ich nach 5 Minuten umgedreht, um mich zu entschuldigen bei Dir. Denn Du hast echt gut geküsst. Doch dann warst Du schon in den Fängen der Kleinen. Ich wollte sehen, wie sich das entwickelt. Dann seid ihr Hand in Hand gegangen. Ich hoffe, Ihr hattet Spaß."

„Ja, den hatten wir. Es war eine wunderschöne Nacht." Becky hob ihren Kopf und räusperte sich. „Wie gesagt: Ich wollte mich entschuldigen. Du hast echt gut geküsst." „Schon gut. Entschuldigung angenommen. Kommt etwas spät." „Ich weiß, aber ich konnte nicht anders gestern."

„Alles gut, Schnee von gestern", lenkte ich ein. „Sonst noch was?" „Nein." „Dann einen schönen Feierabend", sprach ich und ging. Ließ sie stehen. Ha! Gut gemacht, mein Freund. Schnellen Schrittes düste ich ab und zu mir nach Hause. Kurz darauf klingelte es und Emma küsste mich. Sie hatte ihre Haare etwas blonder diesmal, stand ihr auch super.

Schnell landeten wir im Bett, wo ich ihre Pussy mit meinen Händen streichelte und ihren Knopf fand. Diesen stimulierte ich manuell. So lange, bis die Maus zum Orgasmus zuckte. Ihr Bauch war gut trainiert. Ihr Sixpack spannte an, als sie kam. Süß. Dann sollte sie Hand anlegen. Und das fühlte sich irisch geil an! Emma masturbierte zehnmal besser als Pippa.

Ihre kleinen Hände passten perfekt um meinen Prügel. Emma wusste genau, wie mein Penis gestreichelt und gewichst werden muss. Sie legte sich über meine Brust und befriedigte mich. Ich sah nicht viel: Ihren bezaubernden Rücken und ihren Po. Während sie mit Links gute Arbeit erledigte, knetete ich ihren Po, bis ich unruhiger wurde. „Jetzt", rief ich, da spritzte ich schon ab. Mein Sperma flog hoch und landete in meinem Gesicht. Es flog über sie hinüber.

Emma drehte sich um, dann fokussierte sie sich wieder auf meinen Steifen und wichste alles aus mir heraus. Ihre Handarbeit war eine Eins mit Stern,. Ich war glücklich und dankbar. Genauso glücklich und dankbar schliefen wir ein. So kam es, dass Emma meine abendliche Abendfreude wurde. Becky wusste das wohl. Sie sah es mir an. Ich gab ihr mit meinem glücklichen Blick zu verstehen, dass ich abends und nachts in sehr guten Händen war. Sie schäumte innerlich.

3 Tage vor Ende meiner Irlandzeit ließ mich Becky antanzen. Sie war megascharf angezogen und hatte sich sexy für mich gemacht. „Hör zu. Du hast gewonnen. Ja, ich möchte gerne mit Dir Sex haben. Wollte ich von Anfang an. Also lass mich jetzt nicht links liegen." „Sorry, aber ich bin heute Abend wieder mit Emma verabredet. „Dann versetze sie." „Nein, so läuft das nicht. Sie ist lieb und verdammt gut im Bett. Das kann ich ihr nicht antun." „Aber ich will unbedingt noch eine Nacht mit Dir haben. Du willst es doch auch. Das weiß ich."

„Ja, stimmt. Das will ich auch. Vom ersten Tag an. Pass auf: Heute Abend gehört Emma. Morgen auch. Und meine letzte Nacht verbringe ich dann mit Dir. Einverstanden?" „Einverstanden." Wir hatten einen Deal. Ich hatte 2 Abende und Nächte noch tollen Sex mit Emma. Die Verabschiedung war innig und herzlich. Ich versprach ihr, dass wir uns wiedersehen werden.

Dann hatte ich nur noch Becky im Kopf. Meine Teamleiterin. Die 30-Jährige. Mein letzter Tag in der Firma war gut. Nachdem ich mich von allen Kolleginnen und Kollegen verabschiedet hatte, folgte das Abschlussgespräch mit Becky. Sie war sehr nett und lobte mich für meine gute Arbeit. Sie händigte mir ein sehr gutes Zeugnis aus. „Danke!", freute ich mich. Doch sie hatte längst etwas anderes im Kopf.

„In Deine Pension oder zu mir?" „Zu mir", lockte ich sie, denn ich hatte Besonderes vor: Unseren Sex zu filmen. Das hatte ich auch mit Emma vorgehabt, aber von Tag zu Tag geschoben, bis es zu spät war. Nun musste Becky dran glauben. Ich hatte damals eine Video-Cam, die sehr unauffällig war. Man konnte sie gut im Raum verstecken. Sie fiel nicht auf. Heute ist es einfacher mit den Spy Cams: Einem Kugelschreiber, einer Sonnenbrille, einem Hemdknopf etc. Becky begleitete mich raus, doch zuerst wollte sie gut mit mir essen gehen. Sie lud mich irisch ein. War sehr köstlich. Dann ab zu mir. Während Becky sich im Bad die Zähne spülte und neu schminkte, platzierte ich meine Cam in bestem Winkel zum Bett. Mit Nachtfunktion. Somit konnte ich den Raum abdimmen, damit die Cam sicher war.

Sie hatte keinen Rotlichtblinker bei Aufnahme, darauf hatte ich beim Kauf geachtet. Die Tür öffnete sich und Becky stolzierte in Strapse auf mich zu. Ich war 22. Hatte schon viele Mädels und Frauen gehabt. Aber der Anblick von Becky war einer der Besten aller Zeiten: So sexy und verrucht pfaute sie auf mich zu. Oben ohne. Perfekte Titten! Sie standen wie eine Eins. Hier wäre jeder Bleistift sofort gefallen. Ich staunte und genoss, wie sie mich aufs Bett drückte und mit einem Blowjob startete. Der war göttlich.

Becky war eine überaus attraktive und erfahrene junge Frau. Sie lutschte genau richtig an meinem Dong. Dann hockte sie sich über mein Gesicht, und mir war klar: Sie wollte, dass ich ihre Fotze lecke. Diese war nagelneu rasiert. Klitzekahl. Ich stieß meine Zunge hinein und hörte Becky stöhnen. Nach paar Minuten meiner Zungenspiele rutschte sie einen halben Meter tiefer, über meinen Penis.

Ich holte ein Kondom hervor und gab es ihr. Sie zog es mir über. Dann nahm sie auf mir Platz. Let´s ride! Die Irin ritt Rodeo vom Feinsten. Ziemlich schnell liebte sie es. Auch ich liebte es so. Dann auf einmal kam sie. Dabei verengte sich ihre Supermuschi so geil, dass ich sofort kommen musste. Ich haute mein Zeug in den Mantel und genoss ihre und meine Kontraktionen. „Das war geil!", rief sie und stieg von mir hinunter. „Ja, fand ich auch!", rief ich hinterher. Sie verschwand kurz im Bad.

71

Diesen Moment nutzte ich, um die Cam zu beseitigen. Sicher ist sicher. Kurz darauf kam Becky zurück und legte sich auf meine Brust. Wir lagen da und schwiegen. Sie wusste, sie hätte mich früher haben können. Auch ich hätte sie früher haben können, doch die Zeit mit Emma war echt schön gewesen. Außerdem: Lieber einen Spatz in der Hand als die Taube auf dem Dach! So war es am besten: Ich bekam beide. Den Spatz und die Taube. Emma und Becky. Dazu noch Pippa. 3 hot girls in 2 weeks! Schon damals war der Womanizer ein Sammler. Nach kurzer Pause folgte die zweite Runde. Becky blies mich geil, dann leckte ich sie saftig, dann fickte ich sie als Hund. Ihr Arsch war perfekt geformt und auch hinten total rasiert. Kein einziges Härchen funkelte mir entgegen. So liebe ich es!

Ich knallte ihre Pobacken heftig an. Becky genoss es und arbeitete fleißig mit. Dann kam ich. Drachenhart! Schweißgebadet ließ ich mich fallen, doch Becky war noch nicht fertig. „Ich will auch kommen", stöhnte sie verzweifelt. Gut, soll sie. Ich legte mich auf sie, 69. Und während sie meine Eier lutschte, leckte ich sie zu 2 heftigen Orgasmen.

Normal liegt bei 69 der Mann unten, aber diese Version hatte was. Kann ich jedem empfehlen, das mal auszuprobieren. Dann schliefen wir ein. Samstag war mein Rückflug. Erst um 16:10 Uhr allerdings. Um 12 musste ich die Pension verlassen. War klar, dass Becky und ich nochmal bumsten. Diesmal ich als Missionar. Kommen wollte ich in ihren Mund, also ließ ich sie zu Ende blasen.

Herrlich war dieser Anblick, wie sie kniend blies und wichste, bis ich mich schüttelte und ihr ihre Belohnung schenkte. Dann duschten wir, zogen uns an, ich packte meine Koffer und checkte aus. Wir aßen zusammen, sie fuhr mich zum Flughafen, ich flog. Das war's.

Natascha; Doreen

I was 23. Als Rockmusik-Fan ist es für mich Gesetz, einmal jährlich nach Klam zu fahren und „Clam Rock" zu zelebrieren. Der Festivaltag startete an einem Samstagmittag um 13 Uhr. Ich war überpünktlich dort und genoss nach einem schnellen Mac bei Donalds die Natur, ehe ich mich – wie über 10.000 andere – auf den Weg in die Area machte. Viele Campingwagen und Zelte standen neben meinem Auto, denn der Tag sollte lang werden. Musik von 14-23 Uhr, internationale Künstler von Deep Purple bis Status Quo standen auf der Agenda. Als um 13 Uhr das Gelände geöffnet wurde, drückte ich mich hinein und suchte mir einen Platz, wo ich es mir auf einer Decke im grünen Gras gemütlich machte. Ich beobachtete das Treiben. Von den Rock-Opis waren viele vertreten, aber auch hübsche, jüngere Biker-Girls mit blondem Haar und Hot-Pants-Jeans setzten sich in Szene. Ich trank mein erstes Bier und wartete.

Da war sie: Mein Fick für den Abend! Ich wusste es sofort, als ich sie sah. Eine etwa 23-jährige, bildschöne Frau, halbnackt gekleidet mit engem T-Shirt und kurzem Mini-Rock, irrte verloren in der Gegend herum. Sie suchte jemanden. Als sie in meine Richtung schaute, winkte ich sie zu mir. Sie gehorchte und stand 10 Sekunden später vor mir. „Hallo", startete ich die Konversation", „kann ich Dir helfen? Du scheinst auf der Suche nach etwas zu sein." „Ja", antwortete die Kleine im Vorarlberger Akzent, „ich suche meine Freundin Doreen, die ist im Gedrängel beim Einlass verloren gegangen."

„Und wer bitte sucht die Doreen?", wollte ich wissen. „Die Natascha." „Grüß Dich, Natascha", stellte ich mich höflich vor. „Ich schlage vor, Du bleibst hier, bei mir, stehen, und gemeinsam werden wir Deine Freundin suchen.

Beschreib sie mir." Die Gesuchte hatte lange, schwarze Haare bis zum Po, war 24 und 1,70 m groß. Sie trug einen gelben Sommer-Rock und ein blaues Shirt mit weißem Aufdruck „Sexy girl" mit Playboy-Häschen. Dazu eine rote Sonnenbrille. 5 Minuten suchten wir, bis ich eine Verdächtige wahrnahm.

„Das ist sie!", jubelte Natascha und lief auf ihre Busenfreundin zu. Ich hatte Angst, dass sie nicht wiederkommen würde, aber Gott sei Dank tat sie genau das. Und nicht alleine: „Hier, das ist meine beste Freundin, Doreen." Ich lächelte und hieß sie herzlich willkommen auf der Burg. Es entwickelte sich ein nettes Gespräch, aus dem hervorging, dass wir das Festival zu dritt genießen wollen. Perfekt! Mein ausgewählter Platz erwies sich als der absolut richtige.

Ich in der Mitte, Doreen links, Natascha rechts – so lauschten wir der ersten Band. Eine regionale, die uns nicht zusagte. Also quatschten wir. Ich erfuhr, dass Natascha tatsächlich 23 Jahre alt war und im Kaufland arbeitete, an der Wursttheke. Aha, die kennt sich also mit Salamis aus! Ihre Freundin Doreen verkaufte in einem Reisebüro Reisen. Ich erzählte ihnen über mich. Pinkelpause. Trinkholpause. Nächster Act. Schon besser, aber noch nicht gut genug. Also intensivierten wir unser Kennenlernen. Doreen hatte einen Freund, Natascha war frisch getrennt.

Beide waren mit Auto und Zelt da, planten, die Nacht auf dem Gelände zu schlafen und erst am nächsten Mittag ihre Heimreise anzutreten. Natascha und ich verstanden uns super. Ihre offene, direkte Art kam mir entgegen. Ihr Lachen war faszinierend schön. Die nächste Band, ein Metallica Tribute, gefiel uns, also rockten wir ab. Als Enter Sandman verschwunden war, streckte sich Natascha und meinte, sie sei müde. Ich bot ihr an, sich mit dem Kopf in meinen Schoß zu legen. Tat sie.

Während sie döste, streichelte ich ihren Kopf und ihre Haare. Derweil Smalltalk mit Doreen. Mittendrin zwinkerte mir Doreen zu und gab mir das Zeichen, ich solle Natascha doch mal auf den Mund küssen. Die schlief und bekam nichts mit – noch nicht. Ich war unsicher, doch Doreen motivierte mich und nickte mir enthusiastisch zu. Na gut, ich riskierte.

Ich beugte mich hinunter und traf genau Nataschas Lippen. Es dauerte 2 Sekunden, ehe sie mitküsste. Vielleicht hatte sie darauf gewartet. Doreen grinste. Ich küsste weiter und immer leidenschaftlicher, Natascha machte mit. Ihre Lippen waren weich und zart, ihr Mund schmeckte gut. Plötzlich zog sie mich runter und wir lagen auf dem Gras und küssten uns weiter.

„Komm, lass uns ficken", flüsterte sie mir ins Ohr. Just in diesem Moment ertönte aber die Deep Purple Hymne „Smoke on the water", aber der rauchende See war uns scheißegal. Deep Purple ist gut, aber Ficken ist besser! Natascha flüsterte ihrer Freundin etwas ins Ohr, diese nickte. Dann zog mich Natascha mit und wir verließen die Area, um uns 10 Minuten später auf dem mit Autos und Zelten vollgestellten, doch um diese Uhrzeit menschenleeren Parkplatz wiederzufinden.

Hinein in das lila Zelt. Momentmal, Pinkeln wäre nicht schlecht. Ich entschuldigte mich kurz und entleerte meine Blase. Dann zurück ins Zelt. Und direkt in Nataschas Arme. Die Weltklasse-Knutscherin zog sich ihre wenigen Klamotten aus und offenbarte mir ihre ganze Schönheit. Ein wundervoller Frauenkörper lächelte mich an. Nataschas Brüste standen, obwohl sie lagen, sie waren mittelgroß und faltenfrei. Ihr Bauchnabel eine runde Sonne, ihr Schambereich glatt wie ein geputztes Fenster.

So süße Schenkel. Mein Ding Dong war steif und durfte endlich aus dem Haus. Während wir küssten, streichelte ich Nataschas Elitekörper, und sie meinen. Schnell war ihre Hand dort, wo es wirklich zählt. Ihr Griff um meinen Schwanz war Hammer! Sanft, gleichzeitig energisch umfasste sie ihn und schob im Zeitlupentempo meine Vorhaut rauf und runter, bis zum Anschlag. Derweil rubbelte ich an ihrer Clit und tauchte mit meinem Zeigefinger in ihr Zelt ein. Dort war es sehr warm.

Natascha war eine laute Stöhnerin, aber das war egal, schließlich waren wir fast alleine in der Umgebung, da alle mit Purple rockten. Das Liebesspiel ging in die nächste Runde, als sie mein Glied in den Mund nahm. Junge, Junge, sie blies wie die Rock-Göttin persönlich! Mein Penis und ich genossen ihre oralen Liebkosungen sehr. Oral ist immer gut, also auch ich bei ihr. Ihre Pussy roch gut und schmeckte genauso.

Ich züngelte Natascha 2 Orgasmen hintereinander her, die 69er-Position ist schon klasse. Sie auf mir. Als ihre Pussy flutete, wurde mir heiß, denn ich merkte, dass auch ich es gleich geschafft hatte. Natascha blies perfekt weiter und schenkte mir einen heftigen Höhepunkt. Ich zuckte brutal, der Strom sämtlicher E-Gitarren schoss durch meinen Körper. Als ich fertig war, wandte sich Natascha zu mir.

Sie schlürfte sich mein Restsperma von ihren Lippen. Dieses Bild ist bis heute in meinem Kopf verankert. Sie kuschelte sich an mich und wir drückten uns. 20 Minuten lang. Im Hintergrund hörten wir dumpf Deep Purple spielen, bis der tosende Applaus verriet, dass die Setlist zu Ende war und nur noch der Zugabe-Teil anstand. Main Act waren Status Quo, die musste ich sehen, also hatten wir noch 15 Minuten Zugabe plus 30 Minuten Umbau Zeit, ehe Quo die Bühne betraten und mit Caroline für Ekstase sorgen würden. Diese Zeit wollte ich nutzen, um meinen One Night Stand auszubauen.

„Status Quo möchte ich live sehen, also haben wir noch 30 Minuten. Purple sind back on stage und spielen gerade Zugabe, danach ist Umbau. Lass uns noch ficken, okay?" Schlug ich vor. „Einverstanden", lächelte Natascha und streichelte meine Brust hinab, bis sie ihn wieder in der Hand hatte. Viel steif zu kneten gab es nicht, denn das war er schon längst. Ich küsste ihre Pussy, bis ich als Missionar in sie eindrang. Ein Kondom hatte ich nicht, sie auch nicht, aber da sie die Pille nahm, war alles gut.

Natascha war als Empfängerin äußerst aktiv und drückte mir ihr Becken rhythmisch entgegen. Nun durfte sie reiten. Sie nahm auf mir Platz und mein Penis verschwand voll in ihrer Möse. Ich befand mich 15 cm in ihrem Körper. Natascha startete sehr erotisch. Das wenige Licht, das wir hatten, ließ es zu, dass ich ihren reitenden Körper von oben bis unten bestaunen konnte. Dann wurde sie wilder. Und schneller. Und lauter.

Sie sauste gut auf mich herab und befriedigte meinen Knüppel unwiderstehlich. Sie zuckte und kam. Sie ritt aber gnadenlos weiter, was mir recht war. Dieses Babe hatte Power ohne Ende. 4 Minuten später kam sie erneut. Mein Penis schien ihren Kitzler und G-Punkt gleichermaßen strong zu treffen. Oh mein Gott, so langsam wurde es auch für mich eng. Ich spürte die Quo-Power anrollen und bereitete mich auf meinen Moment vor.

Als ich kam, ritt Natascha in Highspeed, extra für mich, um mir den Moment noch glücklicher zu gestalten. Das gelang ihr zu 110 Prozent. Als sie von mir stieg, lief mein Sperma aus ihrer Fotze heraus, so viel war es. Ich staunte selbst.

Und sie erst. Nachdem wir uns sauber gemacht hatten, schlenderten wir befriedigt zur Menschenmenge zurück und fanden Doreen auf der Stelle. Doreen drückte ihre Freundin und ließ sich von ihr 3 Minuten ins Ohr berichten, wie es war. Nataschas Schilderungen müssen erste Sahne gewesen sein, denn so sah Doreens Gesichtsausdruck aus. Schließlich drückte mich Doreen fest und flüsterte mir in Ohr, dass ich Natascha sehr glücklich gemacht hätte. Das freue auch sie.

„Die Tascha hat nur Gutes über Dich erzählt, Du musst sexuell ein Gott sein, laut ihren Erzählungen", zwinkerte sie mir zu. Ich zwinkerte zurück. Nun kamen die Boys von Status Quo! Die alten Herren rockten wie Sau, es war genial. Ein Klassiker nach dem anderen, der beste Sound des Abends. Während wir 3 Luftgitarre spielten, merkte ich immer offensiver Doreens Augen auf mir. Sie schien interessiert zu sein. Geil! Auch sie gefiel mir optisch sehr. Das Playboy-Häschen tanzte geil und anzüglich, tanze mich mehr und mehr an.

Schließlich brüllte sie mir ins Ohr, dass sie mich haben wolle. Ihr Freund schien sie nicht mehr zu interessieren, zu geil war sie auf mich. Zumindest an diesem Abend. Das musste ich nutzen. Hm, aber wie und wo sollte das Spektakel stattfinden? Ich wollte in der Nacht nach Hause fahren. Zumindest hatte ich es so geplant. Besser die Nacht bei den Girls bleiben. Ich musste Klartext mit den Mädels reden. Als Quo mit Bye Bye Johnny ihr Konzert beendet hatten, nahm ich Doreen und Natascha in meinen Arm und meinte:

„Mädels, eigentlich wollte ich nach Hause fahren, aber wenn Ihr mögt, bleibe ich bei Euch über Nacht und fahre morgen." Natascha jubelte und küsste mich auf den Mund. Doreen dito. Natascha schaute ihre Freundin entsetzt an: „Hey, Du hast ihn auf den Mund geküsst. Du hast doch Tim." „Tim ist mir im Moment egal", grinste Doreen und entlockte ihrer Zeltgenossin ein Lächeln.

Uiuiui, auf was würde das denn Schönes hinauslaufen? Gedankenkino! Hand in Hand in Hand schlenderten wir zu der nächstbesten Pommes-Bude und gönnten uns Pommes mit viel Ketchup. Das tat dem Magen gut. Dann schlenderten wir zum Zelt der Girls, das ich bereits gut kannte.

Ich legte mich hin und wartete. Natascha und Doreen blickten sich an und ließen sich gleichzeitig auf mich fallen. Genauer gesagt neben mich. Eine links, eine rechts. Beide kuschelten sich an mich. So lagen wir da, 10 Minuten, ehe Natascha die Regeln bestimmen wollte. „Wie machen wir das jetzt? Der Womanizer gehört mir." „Nein", fuhr Doreen dazwischen, „Du hattest Dein Vergnügen mit ihm, jetzt bin ich dran." „Du hast einen Freund, liebe Doreen, nicht vergessen. Was würde Tim dazu sagen?" „Tim ist mir im Moment scheißegal", konterte Doreen, „ich habe jetzt Lust auf den da." Und deutete auf mich. Der Zicken-Krieg zwischen den beiden ging weiter. Sie konnten sich nicht einigen, wem ich gehöre. Ich hoffte auf beide. Plötzlich griff mir Doreen an die Hose, dorthin, wo er halbsteif lauerte. „Er gehört mir!" „Nein, mir!" Auch Nataschas Hand lag nun auf meinem Dong. „Mir!" Nein, mir!"

So ging es weiter, und beide Mädels gifteten sich richtig an. „Entschuldigt, Ladies", ging ich dazwischen, „darf ich auch was sagen? Schließlich habe ich auch ein Entscheidungsrecht, oder?" Das hatte ich, ja. „Ich darf mir wohl selbst aussuchen, mit welcher von Euch ich Sex haben möchte." Beide versuchten auf mich einzureden, aber das unterband ich mit einem lauten „Hallo!?!" 4 fragende Augen schauten mich an. „Ich entscheide mich jetzt", kündigte ich Doreen und Natascha an.

„Du darfst nicht mit ihr, Du hast schon mit ihr", mahnte Doreen. „Hey, das mit uns war so geil, davon bekommst Du mehr", lockte Natascha. „Also", erhöhte ich die Spannung mit langer Denkpause: „Ihr beide seid superhübsch und tolle Mädels, und am liebsten hätte ich mit Euch beiden gleichzeitig Sex." „Du meinst einen Dreier?", staunte Doreen in die Runde. „Ja, fände ich geil!" Doreen und Natascha schauten sich unsicher an. „Hm, ich weiß nicht, mit meiner besten Freundin?" Äußerte Natascha ihre Zweifel. „Warum nicht? Hey, sie ist Deine beste Freundin, Ihr vertraut Euch doch, mit wem denn sonst, als mit der besten Freundin?" Meine Erklärung war gut durchdacht und zeigte Wirkung. „Eigentlich hat er recht", nickte Doreen und blickte Natascha bejahend an. „Na gut, aber keine Lesbenspiele", sagte sie, „wir verwöhnen zu zweit unseren Hero, okay?" „Okay", grinste Doreen und machte sich bereit.

Natascha auch. Und ich erst! Ich drehte mich nach links und küsste Natascha, ich drehte mich nach rechts und küsste Doreen. Doreen küsste anders als Natascha, aber genauso gut. Sie küsste feuchter und langsamer. Und wieder waren beide Hände an meinem Penis, eine von links, eine von rechts. Meine Hände befanden sich unter den Shirts der beiden. Doreen hatte größere Titten als Natascha, sie fühlten sich echt und gut an. Nun machten die beiden ernst und öffneten meine Hose. Aus dem Stall schaute er kurz darauf heraus. Ach was, er stand heraus! Beide Hände umfassten ihn und streichelten ihn hoch und runter. Doreens Hand war größer als die von Natascha, ihre Finger waren länger, aber dünner. Es ist ein krasses Gefühl, 2 so unterschiedliche Hände gleichzeitig an der Kerze zu spüren.

Diese Kerze wollte entflammt werden. Mittlerweile war ich mit beiden Kitzlern beschäftigt. Den von Natascha kannte ich, der von Doreen war neu für mich. Er war eingebettet in einem runden Schamhaarkreis. Doreens Schamlippen fühlten sich länger an als die von Natascha. Ich erkundete jeden Millimeter. Irgendwann war es Doreen, die sich aufkniete und vor mich hin. Sie startete einen geilen Blowjob. Ich küsste mit Natascha und rubbelte deren Pussy, während mir Doreen von vorne die Eier kraulte und meinen Helden mit ihren Lippen verwöhnte.

Plötzlich überschritt ich den point of no fucking return und ejakulierte in Doreens Mund. Sie informieren konnte ich nicht mehr, schließlich war ich am Knutschen mit der Natascha. Doreen blieb gelassen weiter und nahm mein Sperma professionell auf. Sie führte ihren Blowjob exzellent fort, bis sie ein gemolkenes, zusammengesunkenes Glied im Mund hatte.

Ich war glücklich. Da beide Mädels noch nicht gekommen waren, widmete ich mich nun dem Pussy-Lecken. Ich tauschte mit Doreen den Platz und verwöhnte abwechselnd und nebeneinander die geilen Büchsen. Beide hatten die Augen geschlossen und hielten Händchen, wie süß.

Während ich die eine Klitoris saugte, streichelte ich die andere. Und andersherum. Immer abwechselnd. Bis die Doreen kam. Sie kam heftig! Ich hatte ihr süßes Schamhaarbüschel im Mund und leckte weiter, schon kam sie ein zweites Mal. Nun war Natascha dran, ihren Orgasmus abzustauben.

Ich tauchte tief ein in ihr Paradies und fingerfick-leckte sie zu 3 Highlights der ersten Nachthälfte. Glücklich küsste ich Doreen, dann Natascha, dann wieder Doreen, dann wieder Natascha. So lagen wir da, 90 oder mehr Minuten, quatschten übers Leben. Ringsherum hörten wir Musik, andere Zelter hatten Anlagen dabei und rockten weiter. Störte uns nicht, im Gegenteil. Als Whatever you want ertönte, nahm ich die Idee auf und fragte, was die Damen sich noch wünschen. „Fick mich", hauchte Doreen. „Fick mich", hauchte Natascha nach. Ich hatte erneut kein Gummi dabei, Natascha auch nicht, Doreen schon gar nicht. Ihr Sex war am wenigsten geplant gewesen. Mit „Dann halt so" waren beide einverstanden, denn auch Doreen war pillensüchtig.

Beide knieten sich nebeneinander und hielten mir ihre Ärsche entgegen. Zuerst stieß ich in Natascha ein, ihre Pussy kannte ich bereits, sie war genauso schön und eng wie vorhin. Nach 2 Minuten Fick drehte sich Doreen um und wollte auch. Ich wollte ihr ihn einstecken, da meinte sie „Oben rein" und deutete auf ihren Anus. „Ich liebe Arschfick", erklärte sie. So eine versaute Schlampe, dachte ich, zu Hause einen Freund, und hier sich von einem Fremden arschficken lassen. Und das ohne Gummi. So krank ist doch die Welt!

Gentleman wie ich bin, erfüllte ich ihr den Wunsch und drang in ihren Gral ein. Der war eng und ich hatte meine liebe Mühe, ihn beim Einführen nicht abzubrechen. Gleitgel hatten wir keines. Natascha half und lutschte schnell meinen Penis feu-chter, dann glitschte er schon hinein in die Enge. Doreen gefiel das, sie stöhnte barbarisch. Normalerweise bin ich kein Arsch-fick-Fan, aber bei Doreen machte es richtig Spaß. Natascha war langweilig, also überlegte sie, was sie tun könne derweil.

Anstatt mich zu küssen, küsste sie Doreen, doch die wollte nicht und drehte weg. Verklemmtes Luder! So kam ich in den Genuss einer sagenhaften Kusssalve. Nach etwa 5 Minuten merkte ich, dass ich bald kommen werde. Natascha durfte auch noch ein wenig genießen, also steckte ich den Hammer um. Bei Natascha war es wieder die normale Luke. Ich fickte langsam, um meinen Orgasmus hinauszuzögern. Doreen glotze und rieb sich die Clit dabei.

Mein Ende sollten beide sehen, also riss ich ihn in letzter Sekunde raus und schenkte den beiden eine Gesichtsbesamung. Ein Bild für Götter, besser als im Porno! Die Blonde und die Schwarzhaarige hingen an meinem Schwanz. Die Nacht war schön, aber kurz. Denn als ich wach wurde, wurde ich geil. Die beiden nackten Körper neben mir ließen mich nicht schlafen. Zu schön waren sie, um nicht noch einmal gefickt zu werden. Ich weckte beide mit Intimküssen, doch die Natascha schlief noch tief. Doreen nutzte die Gunst der Stunde, um mich alleine zu haben, und flüsterte mir ins Ohr: „Lass uns ficken. Nur Du und ich. Und ganz leise, dass sie nicht wach wird."

Erdbeer-Kaugummis versüßten unsere Mundflora, und schon ging es los. Ich leckte D-reen wacher und sie blies mich geiler. Diesmal wollte sie in die Scheide gestochen werden. Die war fast genauso eng wie ihr Arschkanal. Geil! Ich tat es von oben in der Missionarsstellung. Die schlafende Natascha lag nicht mal 50 cm neben uns und träumte süß. Doreen fühlte sich umwerfend an. Ihre großen Möpse drückten gegen meine Brust, ihre Augen funkelten mich beim Liebesspiel an. Ich musste kommen. Ich kam.

Dabei stöhnte ich ihr küssend in den Mund hinein. Erschöpft drehte ich mich neben sie und küsste sie. „Das war ein fantastischer Fick", flüsterte ich. „Ja, für mich auch, herrlich", flüsterte sie. Dann schliefen wir ein. Als die Vögel aktiv wurden und die Sonne ins Zelt hereinstrahlte, wurde ich zum zweiten Mal wach. Doreen und Natascha folgten. Ich schaute auf die Uhr und erklärte beiden, dass ich in 2 Stunden los muss. „Dann sollten wir uns nochmal austoben", grinste Natascha mich und Doreen an und ging schnell auf die Morgentoilette.

Was folgte, das war der krönende Abschluss von Clam Rock und dieses geilen Sex-Abenteuers mit Natascha und Doreen. Beide ritten mich nacheinander, bis ich in Natascha einen kräftigen Höhepunkt hatte. Ich dankte den Girls für die geile Zeit und wünschte ihnen viel Glück für die Zukunft.

Juli

Juli war meine 27-jährige Nachbarin, als ich 23 Y. war. In meine 3-Zimmer-WG schleppte ich regelmäßig hübsche Mädels für eine Nacht, ein Wochenende oder Affären an. Feste Beziehungen waren mir damals zuwider. Party wurde groß geschrieben. Laute Musik bis in die Nacht. Meine Mitbewohner hatten damit keine Probleme, sie feierten ja gerne mit. Aber eine Person hatte mit mir große Probleme: Juli.

Juliane, kurz Juli, war meine Nachbarin und lebte mit Edgar, ihrem Verlobten, in der großen Wohnung nebenan. Edgar war 30 und Lehrer an einer Privatschule. Ein Spargel-Tarzan, der dem jungen Harald Schmidt ähnlich sah. Juli war private Chefsekretärin für einen Millionär und arbeitete im Home Office. Sie war schick gekleidet und sah sehr edel aus. Etwa 1,74 m groß, anregende Figur, blond, trug gerne Business-Brille und schicke Klamotten, selbst zu Hause. Bereits bei meinem Einzug wurde ich kritisch von ihr beäugt.

Am zweiten Abend klingelte sie mitternachts Sturm, um mir zu sagen, dass ich meine Musik leiser drehen müsse, um nicht juristischen Ärger zu bekommen. Sehr nett. Auch in den Folgewochen passte ihr dies und das nicht. Einmal war es die Musik, das andere Mal der Fernseher, das dritte Mal die Party und das vierte Mal zu lauter Sex. Dann wieder von vorne. Grillen sowie Wäsche am Balkon verboten, kein Fahrrad im Flur etc. Was für eine Hyäne!

Bei ihr ging alles gestattet zu. Züchtig. Ich bekam wenig von ihr und ihrem Partner mit. Hörte sie nicht beim Sex. Ab 22 Uhr war alles mäuschenstill dort drüben. Wenn ich beide sah, waren sie gut gekleidet und hochnäsig unterwegs. Sie grüßten mich nie, wenn, nur beiläufig. Mit meinen anderen WG-Bewohnern schienen sie keine Probleme zu haben, es kochte immer nur mit mir.

Eines Nachts hatte ich 2 Mädels abgeschleppt und vergnügte mich mit ihnen, als es Sturm läutete. Meine Mitbewohner waren außer Haus. Nach 2 Minuten unterbrach ich das Sex-Spiel, streifte mir meinen Bademantel über und öffnete die Tür.

Da stand Juli und schimpfte los: „Sag mal, spinnst Du? Wir haben Mitternacht und Du feierst eine Sex-Orgie?! Man hört Euer Gestöhne bis nebenan. Ist doch krank!" Sie schaute an mir herunter und sah die Wölbung an meinem Bademantel. Schüttelte den Kopf, schubste mich beiseite und trat einfach ein. „Hey, das geht nicht!", rief ich hinterher, doch schon stand sie in meinem Zimmer und warf einen Blick auf meine hübschen Gespielinnen Annemarie (18) und Nikki (19), die sich quietschend unter der Bettdecke verkrochen. Das ging zu weit. Ich schmiss Juli raus und knallte die Tür zu. Frechheit! Um sie für ihre Invasion zu bestrafen, legten wir nun richtig los und feierten eine zügellose Sex-Orgie. Nicht mehr so laut, aber umso intensiver. Am nächsten Morgen lief ich Juli über den Weg, als ich vom Bäcker kam. Sie blickte mich von oben bis unten an und schüttelte ihren schicken Kopf.

Öfter spionierte sie mir nach und organisierte Begegnungen, wenn ich Mädels anschleppte oder wenn diese gingen. Sie war neugierig und wartete stets auf jeden Moment, um mir eine reindrücken zu können. Ich hasste sie mittlerweile. Eines Tages überreichte mir meine Mitbewohnerin Jasmin Haustür- und Briefkastenschlüssel der Wohnung nebenan. Es war Julis Wohnung! Juli verstand sich mit Jasmin gut, also vertraute sie ihr die Schlüssel an, während sie mit ihrem Edgar Allen Po in den Urlaub flog. Jasmin sollte das Aquarium bedienen, die Blumen gießen und die Post entleeren.

Tat Jasmin gerne. Doch Jasmin musste 3 Tage weg, da es ihrer Freundin in Berlin schlecht ging. Deren Freund hatte sich suizidet. Jasmin wollte sie trösten und sich um sie kümmern – ein Wochenende lang. Sie wusste, dass Juli und ich nicht die besten Freunde waren, doch vom gegenseitigen Hass wusste sie nichts.

Ich fand die Bitte amüsant und nahm an. So kam es, dass ich Schmidtchen Schleicher spielte und legal in Julis Wohnung eindrang. Meine Beine wurden elastisch, als ich Julianes Kleiderschrank öffnete und ihre Spitzenunterwäsche und Strapse fand. Sexy! Ich durchsuchte alles und fand ein Fotoalbum mit halbnackten Pics der Blondine. Die waren sehr verrucht. Ja, wirklich sehr verrucht.

Ziemlich anrüchig präsentierte sie sich. Halbnackt? Ganz nackt jetzt sogar! Fotos, die in einem Studio gemacht wurden, die sie ihrem Freund zum Geburtstag geschenkt hatte. Ich war begeistert und holte mir auf der Stelle einen runter. Schnell organisierte ich mir meine Kamera und fotografierte Foto für Foto ab. Am zweiten Tag nahm ich mir die Lade unter dem Bett vor, dort fand ich einen Vibrator und einen Umschnall-Dildo. Der Vibrator war ihrer, aber der Umschnall-Dildo? Konnte eigentlich nur sein, dass sie ihn damit anal fickt. So ein Schmierfink, der Edgar. Analfetischist. Eklig!

Als Juli wiederkam, sah ich sie mit anderen Augen. Eine böse Frau war sie noch, aber eine sexy böse Frau. Paar Tage später klingelte es bei mir. Juli stand in der Tür. „Hier ist ein Paket für mich abgegeben worden", fauchte sie mich an. „Nicht bei mir", fauchte ich zurück. „Hier ist die verdammte Karte", zückte sie und wedelte damit. „Vielleicht hat es Jasmin angenommen, sie ist nicht da, kann Dir nicht weiterhelfen." Wollte die Tür zuknallen, doch ihr Fuß war schneller. Schon stand sie in unserer WG und begann zu suchen.

„Hey, so geht das aber nicht!", rief ich erbost und stellte mich ihr in den Weg. Bevor die Sache eskalierte, blickte Juliane nach rechts und hatte es gefunden: Ihr Paket! Es stand seitlich unter dem Esstisch. Hatte Jasmin dort abgelegt. Juli schnappte sich das Ding und marschierte zur Tür. „Moment mal", stellte ich mich dazwischen, „lass mal sehen. Du kannst doch nicht einfach etwas aus der Wohnung hier entwenden. Ich muss schon kontrollieren, dass das für Dich ist."

Ein Blick genügte: Juliane Schmidt. Korrekt. Absender: Beate Uhse GmbH. Ich hatte sie erwischt. Jetzt gab es kein Zurück mehr. „Du bestellst bei Beate Uhse?", kicherte ich. „Das ist das Allerletzte, was ich Dir verklemmtem Häschen zugetraut hätte." Ich konnte mich kaum Halten vor Lachen.

Das provozierte Juliane ungemein: „Halt den Mund! Ich darf bestellen, was ich will. Geht Dich einen Scheißdreck an!" „Ich wundere mich nur", prustete ich. „Du tust immer so verklemmt, so züchtig, aber bist in Wirklichkeit eine geile Sau!" Dann knallte es. Ohrfeige. Bäm! Ich gebe zu, meine Wortwahl war vielleicht etwas großkotzig und beleidigend.

Aber musste gleich eine Backpfeife die Antwort sein? Bevor ich zu mir kam, war sie weg. Soll ich sie für den Schlag anzeigen? Ach was. Da lache ich nur drüber. Tags darauf klingelte es spät nachmittags an der Tür. Ich öffnete und Juli stand vor mir. „Tut mir Leid wegen gestern, war nicht so gemeint", entschuldigte sie sich kurz. Ich konnte nicht mal antworten, schon war sie verschwunden. Seltsame Frau.

2 Wochen später wurde wieder ein Päckchen für sie bei uns abgegeben. Ich nahm es persönlich entgegen und schaute sofort auf den Absender. Wieder Beate Uhse? Nein. Diesmal eine Frau E. Ritzinger aus Tutzing. Wurst. Ich freute mich schon auf die Begegnung. Sie kam am Abend. Klinelingeling. Juli. „Ist wieder ein Packerl für mich abgegeben worden", seufte sie. „Ja, ich weiß", lächelte ich und bat sie herein. Sie trat ein und schaute sich um. Ich spielte den suchenden August und suchte.

Nach langen 2 Minuten „fand" ich das Päckchen hinter dem Gemeinschaftssofa. Ich überreichte es ihr. Langer Blickkontakt. „Kein Spruch diesmal von Dir?" „Nein", antwortete ich, „ist ja diesmal nicht von Beate Uhse." Blickkontakt. Dann lachten wir. „Sorry", renkte ich ein, „wenn ich mich mit dem Spruch daneben benommen habe, aber es hat mich doch wirklich sehr gewundert." „Warum?", wollte sie wissen. „Weil Du Dich anders gibst."

„Nur weil ich mich anders gebe, als was Du von Mädels und Frauen gewohnt bist, heißt das lange nicht, dass ich eine Frau ohne Bedürfnisse bin." Sie lächelte mich sogar an. Wow. Sexy. „Darf ich Dich fragen, was in dem Paket von Beate Uhse drin war?" Frech war ich. Sehr frech. Ihre Antwort: „Ja, Du darfst fragen. Aber ich sage es Dir nicht."

Musste sie auch nicht, da ich es ohnehin wusste. Ich hatte nämlich die Bestellung in den Unterlagen auf ihrem Holz-Schreibtisch gefunden, als ich drüben gewesen war und Spion gespielt hatte. Es waren ein weiterer Vibrator (16 cm), sexy Wäsche und diverse Massageöle, dazu eine Sex-DVD. „Lass mich raten", grinste ich: „Ich vermute, Du hast Dir einen elektrischen Vibrator bestellt, so 15 cm Länge. Diese Länge bevorzugen die meisten Frauen. Reizwäsche und sexy Unterwäsche. Vielleicht auch eine DVD für erotische Massagen oder so."

Juli war perplex und starrte mich mit weit aufgezogenem Mund an. „Woher weißt Du das?", stotterte sie. „Ich tippe darauf. Das würde zu Dir passen. Nur eine Ahnung." „Ist unglaublich. Bist Du Hellseher?" „Ach was, ich kenne mich nur mit Frauen aus", lächelte ich schelmenhaft. „Ja, das muss wohl so sein", nickte sie verstört.

„Kommt das Wissen, weil Du so viele Frauen hast?" „Sicher", bestätigte ich, „zum einen sind mir Womanizer-Gene übertragen worden, zum anderen weiß ich sehr gut, was Frauen denken, wollen, fühlen und brauchen, wonach sie sich sehnen. Ich spüre das. Ich sehe das." Juli schien das Gespräch zu interessieren, sie setzte sich und wollte die nächste Frage stellen, da klingelte es. Es war Edgar, der nach seiner Partnerin suchte.

„Schatz, wo steckst Du?", runzelte er die Stirn. „Ich bin hier, hole gerade unser Päckchen ab", stammelte sie. „Und das dauert eine Ewigkeit?", runzelte er tiefer. Juli stand auf, verabschiedete sich flüchtig und ging. Ich hörte zum ersten Mal die beiden laut diskutieren. Durch die Wände. Ich freute mich, nun besser mit der hübschen Juli kommunizieren zu können, und hoffte auf mehr. Dieses Mehr erwartete mich am Folgeabend. Klingeling. Juli. „Darf ich reinkommen?", fragte sie schüchtern.

„Klar", nickte ich. Sie setzte sich und meinte, Edgar sei für 3 Tage auf einer Lehrer-Fachtagung und sie allein zu Hause. Ich war auch allein. Good. „Ich möchte das Kriegsbeil mit Dir begraben", startete Juliane die Konversation. „Hat von Anfang an irgendwie nicht gut funktioniert mit uns. Ich würde sagen, wir beide haben unseren Anteil dazu beigetragen, aber so eine Feindschaft als Nachbarschaft ist nicht angenehm. Das mag ich gar nicht. Nimmst Du meine Entschuldigung an?"

Ich nahm an. „Und sorry, wenn ich Dich provoziert habe das eine oder andere Mal. Ich wünsche mir, dass wir friedlich miteinander umgehen. Höflich, respektvoll, nett. Okay?" Sie nickte. Wir schüttelten uns die Hände. Versöhnung. „Darf ich trotzdem nach wie vor Mädels hierher bringen?", scherzte ich. „Solange Du es nicht übertreibst und Euer Sex jede Nacht bei uns zu hören ist. Ich weiß mittlerweile genau, wann Du es treibst. Du bist nicht zu überhören. Und Deine Bettpartnerinnen auch nicht", zwinkerte sie.

„Darf ich eine persönliche Frage stellen?" „Klar", forderte ich sie heraus. „Wenn Du es treibst, höre ich die Mädchen ziemlich oft aufstöhnen. Klingt so, als hätten die immer 3 oder mehr Orgasmen. Kann ja eigentlich nicht sein. Kannst Du mir verraten, warum die so laut aufstöhnen immer? Zwingst Du die dazu, vielleicht sogar um mich zu ärgern?" „Nein, die stöhnen so oft und laut, weil sie Orgasmen erleben." „Aber doch nicht 3 oder mehr." „Doch", nickte ich. „Verkackeier mich nicht", schwang sie ihren Zeigefinger, „ich bin selbst Frau und kenne mich gut aus. 75 Prozent, also 3 von 4 Frauen, haben enorme Orgasmus-Schwierigkeiten, vor allem, wenn sie Sex mit einem Mann haben. Da kannst Du mir nicht einreden, dass bei Dir alle kommen, und dann noch mehrfach."

„Ist aber so", konterte ich. „Ich bin ein sehr guter Liebhaber, nicht umsonst reißen sich die Mädels darum, Sex mit mir zu haben. Ich weiß, was Frauen wollen, und ich kann jeder Frau der Welt mehrere Orgasmen zaubern. Selbst denen, die noch nie einen hatten oder Orgasmus-Schwierigkeiten haben." „Angeber. Aufreißer. Lügner." „Ob Du es glaubst oder nicht, aber es ist die Wahrheit." Diese Aussage, kombiniert mit meinem Grinsen verleitete Juli zum nächsten Schritt: „Okay, mal konkret: Ich habe – und das bleibt bitte unter uns – Orgasmus-Schwierigkeiten.

Alleine klappt das, nicht immer, aber meistens zumindest. Aber mit Edgar klappt es so gut wie nie. In den 5 Jahren, die ich mit ihm zusammen bin, habe ich gerade ein oder zwei Dutzend Orgasmen von ihm bekommen. Er weiß, dass ich mich schwer tue, und geht echt nett damit um. Er akzeptiert es. Alle paar Mal spiele ich ihm einen Höhepunkt vor, damit er zufrieden ist und sich für einen tollen Hecht hält.

Aber echte Orgasmen hat er mir erst 15 oder 20 Mal gemacht. Und das in 5 Jahren. So ist es halt. Auch die Männer davor konnten es nicht besser. So ist mein Körper. Auch Du würdest scheitern." „Quatsch", protzte ich, „auch Dich könnte ich dreimal oder öfter am Stück kommen lassen. Ich kann das." „Kannst Du nicht!" „Kann ich doch." „Nein, kannst Du nicht!" „Kann ich doch. Wetten?" „Wie wetten?" „Ich beweise es Dir." Denkpause. Intensiver Blickkontakt. „Was wettest Du genau?", fragte sie.

„Dass ich Dich zu mehreren Orgasmen hintereinander bringen kann. Wirst schon sehen." „Ich wette dagegen. Mein Körper ist dafür nicht gemacht. One Night Stands hatte ich außerdem noch nie. Bei mir muss Liebe im Spiel sein, damit sich überhaupt was regt." „Wenn ich scheitern sollte, kannst Du Dir einen schönen Wetteinsatz aussuchen für mich", schlug ich vor. „Zum Beispiel mähe ich den Sommer über Euren Garten und schneide die Hecken." „Das wäre klasse. Edgar hasst das, wir zahlen immer jemanden dafür, der das erledigt. Das wäre genial!" „Sollte aber ich gewinnen, bekomme ich von Dir eine einstündige Erotikmassage als Gegenleistung. Das wünsche ich mir. Okay?" Eine lange Minute überlegte Juli, dann schlug sie ein. „Deal. Bleibt aber unter uns. Um Gottes Willen, das darf Edgar nie erfahren. „Natürlich nicht", bestätigte ich ihr meine Verschwiegenheit.

„Und wann wollen wir?" fragte sie mich. „Na, wenn Du magst, gleich jetzt." Überrumpelung. „Ich … äh … muss noch duschen." „Kannst Du bei mir, wir sind allein, kommt keiner heute zurück." Juli ging ins Badezimmer und ich reichte ihr ein Handtuch. Nach 5 Minuten kam sie eingewickelt zu mir. Ich führte sie in mein Zimmer und duschte mich in 2 Min. frisch.

Dann legte ich mich zu ihr. „Mit Küssen oder ohne?", fragte ich sie. „Mach so, wie Du es immer machst", spielte sie den Ball zurück. „Okay. Darf ich auch oral da unten bei Dir?" „Mach so, wie Du es immer machst." Gut. Mehr wollte ich gar nicht wissen. Ich zog ihr das Handtuch ab und sah einen Traumkörper. Juli hatte wunderschöne Brüste und eine Muschi mit blondem Irokesen. Ein Bauchnabel-Piercing und eine Tätowierung an der Hüfte machten sie noch schöner. Wie eine Madonna schaute sie mich an und wartete auf mehr.

Ich zog mir mein Handtuch weg und legte mich auf sie. Dann küsste ich sie. Zärtlich. Ganz zärtlich. Juliane ließ mich machen und küsste leidenschaftlich mit. Mit Zunge. Derweil streichelte meine Hand ihren Kopf, ihren Hals, ihren Busen. Ich war seitlich gerückt und streichelte während des Knutschens ihren schönen Körper. Der fühlte sich geil an. Straff war alles, gut trainiert, äußerst sexy. Nun war es Zeit, ihre Brüste zu küssen und ihre Warzen steif zu saugen.

Juli hatte die Augen geschlossen und genoss. Jetzt ging es down. Als ich mit meiner Hand an ihrer Pussy ankam, atmete sie laut auf. Noch lauter, als meine Zunge über ihren Strich fuhr und ihren Kitzler berührte. Leidenschaftlich begann ich, ihre Clit zu stimulieren. Mit Lippen und Zunge. Da ging die Juli ab! Das arme Ding wurde wohl noch nie in ihrem Leben so geil oral verwöhnt. Wahrscheinlich hatte Edgar keine Ahnung von sowas. Nach 5 Minuten gewann ich unsere Wette, denn Juli kam wie ein Erdbeben. Sie stöhnte laut und riss mir fast die Haare aus. Sehr feucht wurde sie, ich schlürfte alles weg. Aber gewonnen hatte ich das Ding noch nicht ganz, da in der Wette von multiplen Orgasmen die Rede war. Die sollte sie kriegen.

Ich küsste ihre Pussy, bis ich erneut ernst machte und mit dem Saugen begann. Juli wusste nicht, wie ihr geschah, kurz darauf bebte sie ein zweites Mal. Und eine Tagesschau später ein drittes Mal. Mit Glückstränen blickte mich Juli dankbar an und küsste mich. „Unfassbar schön", keuchte sie. „So etwas habe ich noch nie erlebt. Schade, dass Edgar das nicht so kann wie Du." Ich streichelte die blonde Schönheit noch aus und gab mich als galanter Gentleman.

Die Nacht wollte sie in meinem Arm schlafen, was okay für mich war. Am Folgeabend sollte ich mein Siegesgeschenk erhalten. Da Verkehr bei mir war, lud mich Juli zu sich ein. Edgar war ja nicht da. Juliane schwebte immer noch auf Wolke 7 und fragte mich, ob ich ihr erneut Orgasmen schenken könnte.

„Gerne", antwortete ich, „aber zuerst bist Du dran, Deinen Wetteinsatz einzulösen. Danach verwöhne ich Dich noch einmal." Damit war sie einverstanden. Ich sollte mich ausziehen und bäuchlings aufs Bett legen. Juli dimmte das Licht und legte Kuschelmusik ein. Dann zog auch sie sich aus und hockte sich neben, dann über mich. Zärtlich begann sie die Ölmassage.

Ich genoss. Obgleich es ein komisches Gefühl war, in einem Paar-Bett zu liegen, in dem ich nichts zu suchen hatte. Julis zarten Finger taten mir sehr gut. Sie kraulte und massierte meinen Rücken und Nacken. Schließlich wanderte sie tiefer und streichelte meine Beine. Zuerst die Füße, dann die Unterschenkel, dann die Oberschenkel. Dabei kam sie näher an meinen Po und das, was darunter lag.

Als sie durch meine A-Falte strich, atmete ich tief, denn es fühlte sich himmlisch an. Nun berührte sie meine Eier. Ich hatte einen Steifen, doch Juli zögerte alles hinaus und verwöhnte 30 Minuten meine Rückseite. Dann endlich durfte ich mich umdrehen. Meine Lanze stand. Juli lachte, begann aber mit dem ganzen Drumherum. Meine Peniszuckungen sah sie, doch ignorierte sie vorerst. Bestie! Trotzdem fühlte es sich himmlisch an, von ihr so zärtlich massiert zu werden.

Plötzlich spürte ich Körper. Body to Body. Sehr lasziv rutschte das Luder mit ihrem Körper auf meinem herum und stöhnte mir dabei ins Ohr. Endlich war nun mein Dong dran. Sie griff zu und hielt ihn. Er zuckte. Sie grinste. Mit viel Öl startete Juliane ihren Happy-End-Job, der 20 Minuten dauerte, denn sie wichste sehr langsam und nahm sich alle Zeit der Welt. Irgendwann konnte ich nicht mehr. Während sie zwischen meinen Beinen kniete und mir ihre Brüste präsentierte, musste ich spritzen.

Doch Juli behielt das langsame Wichstempo bei und ich spritzte hoch. Mehrmals. Juli staunte, da 2 Ladungen genau in meinem Gesicht landeten. Ich war glücklich. Ich dankte ihr für die befriedigende Massage meines Traumkörpers und kuschelte sie fest. Auf meine Frage, ob sie Edgar wirklich liebe, antwortete sie: „Ja, wir werden nächstes Jahr heiraten. Er ist zwar nicht mein Traummann, aber wir verstehen uns gut. Der Sex ist nicht mega mit ihm, aber es gibt Wichtigeres."

Hm, dachte ich, wenn ich einmal heirate, dann soll es die Allerrichtigste sein. Nun drängte Juli auf ihre Befriedigung. Ich küsste sie in Stimmung und entschied mich zuerst für Fingern. Ich traf die richtige Stelle in genau dem richtigen Winkel mit genau der richtigen Geschwindigkeit mit genau dem richtigen Druck. So rubbelte ich ihr 2 Orgasmen am Band.

Aber Schluss war noch nicht, denn nun durfte meine Zunge ran. Gnadenlos leckte, saugte, küsste und schlürfte ich ihre Pussy, bis Juli 2 weitere Orgasmen hatte und einen Freudenschrei losließ. Es folgte eine so enge Umarmung, dass mir die Luft wegblieb. „Danke, danke!", jubelte sie. „Es war so schön! Kann ich Dir auch noch etwas Gutes tun?" „Klar", grinste ich und deutete auf meinen Herkules. Juliane schnappte sich erneut das Öl und ölte ihn ein.

Dann startete sie ihren superlangsamen Handjob. „Machst Du auch mit dem Mund?", fragte ich nervös. Juli zögerte, doch sie entschied sich für ein Ja. Sie band sich ihre Haare zusammen und begann einen geilen Blowjob. Extrem tief nahm sie ihn in den Mund und lutschte jeden Millimeter meines Ständers auf und ab. Herrlich! Dazu setzte sie ihre rechte Hand umfassend ein und kraulte mit Links meine Eier schön. Sie blies ebenso langsam wie sie wichste. Mein Orgasmus baute sich auf. Irgendwann musste ich es einfach tun: Ich kam. Mein Schuss schoss in ihren Mund. Sie schluckte zweimal, dann stöpselte sie meinen Dong aus und wichste langsam weiter. Gleichzeitig züngelte sie an der Vorhaut herum. Krasser Shit. Ich war happy. Wieder schliefen wir Arm in Arm ein.

Doch: Die nächsten Wochen ging nichts. Edgar war ja wieder da, der Penner. Die erste Gelegenheit für uns bot sich, als E ein neues Hobby startete, indem er einer Pokerrunde beiwohnte. Einmal wöchentlich. Dieser Mittwochabend wurde zu unserem Glück. Edgar kam nie vor 1 Uhr morgens nach Hause, so konnten Juli und ich uns vergnügen – aber nur bei mir, hier war es sicherer. Und das ging nur, wenn ich allein war.

Meine Mitbewohner sollten nichts vom Verhältnis zwischen uns erfahren. Es pendelte sich ein, dass es alle 2 Wochen funktionierte. Juliane erlebte geile Orgasmen und schenkte mir ebenso welche. Sie verwöhnte mich mit Massagen mit Happy End per Hand und Mund. Sie schluckte immer nur 2 Ladungen meines Spermas, den Rest ließ sie sehenswert herausspritzen.

Eines Kuschelabends fragte Juliane: „Würdest Du heute mit mir schlafen?" „Natürlich, sehr gerne." Ein Kondom hatte sie aber nicht, da sie ja ihren Edgar ohne Gummi fickte, wenn sie es alle heiligen Zeiten taten. Ich aber hatte. Rot mit Kitzelnoppen. Nach dem Vorspiel, bei dem ich ihr bereits 2 leckende Orgasmen verabreicht hatte, drang ich behutsam in ihre blond verzierte Möse ein.

Julis Möse nahm meinen Dödel gierig pulsierend und pumpend auf. Meine 15 cm waren zwar etwas kürzer als Edgars 19, wie sie mir verriet, aber deutlich effektiver und schöner, wie sie mir ebenso gestand. Ich fickte sie als Missionar und ergötzte mich an ihrem liegenden, empfangenden Anblick.

Nun Doggy. Von hinten rammelte ich härter. Mochte sie auch. Brauchte sie so. Genoss sie. Yeah! Zum Abschluss war Reiten angesagt. Ihre saftige Pussy verschlang meinen Dong komplett. Lasziv ritt sie mich, sie startete langsam und wurde schneller. Einen krachenden Orgasmus erreichte sie dabei. „Das ist das erste Mal, dass ich beim Geschlechtsverkehr mit einem Mann gekommen bin", strahlte sie. Sie ritt weiter, bis ich kam. Ich füllte das Kondom voll und spürte im Nachgang immer noch das Pulsieren ihrer Beckenmuskeln. Wir wussten, dass unsere Affäre langfristig zu nichts führte. Juliane liebte Edgar und plante mit ihm, ich war Freivogel und plante nichts Festes. Dafür One Night Stands und Affären am laufenden Band. Schon damals war mir die Abwechslung wichtig, ich wollte immer neue Pussys kennenlernen und ausprobieren.

Trotzdem genossen Juliane und ich noch ein halbes Jahr unseren Sex, bis Juli wegzog. „Wir haben uns ein Grundstück in Stuttgart gekauft und bauen", erzählte sie mir. Schade, aber andererseits hatte es sich auch ausgesext mit ihr. Andere Ladies waren mir wichtiger geworden. Unser letzter Sex aber war ein ganz Besonderer, denn zum ersten und einzigen Mal schluckte Juli mein Sperma komplett.

Sie blies von Anfang an, und als ich kam, blies sie einfach weiter, bis sie einen schlaffen Womanizer im Mund hatte. Alles weg. Es war ein würdiges Abschiedsgeschenk.

Buch-Tipps vom Womanizer

The Womanizer
Ich, der Fremdgeher 1
Die Abenteuer des Womanizers

Sex, Erotik, Liebe, Lust & Leidenschaft – dies ist die spannende Geschichte, die Autobiografie des Womanizers, eines Mannes, der seinem Leben keine Grenzen setzt und sich alle sexuellen Wünsche und Träume erfüllt.

Obwohl er glücklich in einer Beziehung mit seiner Freundin Andrea ist, die er auch wirklich liebt, gönnt er sich alle Freiheiten, um das zu genießen, wovon andere Männer nur träumen. Er erlebt fantastische Abenteuer ebenso wie böse Reinfälle, heiße Affären, Sex mit 3 Frauen gleichzeitig, Erpressung, Glück und Leid in Beziehung und One Night Stands.

Erfahren Sie mehr über den Mann hinter der geheimnisvollen Womanizer-Maske und sein Leben. Fantasien werden Wirklichkeit, Wünsche wahr. „Ich, der Fremdgeher 1" ist ein hochexplosives und spannendes Werk, das den Leser fesselt, anregt und erregt. 63 Kapitel voller Sex, Lust und Leidenschaft. 200 Seiten pure Erotik.

Doch auch Schuld und Moral spielen eine Rolle. Immer wieder hinterfragt er sein schändliches Treiben und will seiner Freundin treu bleiben, doch die Lust ist zu groß und die weiblichen Reize sind zu stark ... und so stürzt er sich in das nächste Abenteuer. Ein Buch, über das Sie noch lange sprechen werden!

ISBN 978-3-8423-2186-1
Books on Demand

Buch-Tipps vom Womanizer

The Womanizer
Ich, der Fremdgeher 2
Neue Abenteuer des Womanizers

Dies ist Teil 2, die prickelnde Fortsetzung der spannenden Lebensgeschichte des Womanizers, eines Mannes, der seinem Dasein keinerlei Grenzen setzt und sich all seine sexuellen Wünsche und Träume erfüllt.

Obwohl er mittlerweile glücklich verheiratet und stolzer Vater eines Sohnes ist, gönnt er sich die Freiheiten, um das zu genießen, wovon andere Männer nur träumen. Er erlebt fantastische Abenteuer ebenso wie böse Reinfälle, heiße Affären, Glück und Leid in Beziehung und One Night Stands.

Erfahren Sie alles über den Mann hinter der Womanizer-Maske und sein geniales Leben. Fantasien werden Wirklichkeit, Wünsche wahr. „Ich, der Fremdgeher 2" ist ein explosives und reizvolles Werk, das den Leser fesselt, anregt und erregt. 35 Kapitel voller Sex, Liebe und Leidenschaft, 200 Seiten pure Erotik, das ist die fantastische Welt des Womanizers.

Doch auch Schuld und Moral spielen eine Rolle. Immer wieder hinterfragt er sein Treiben und will seiner Ehefrau Andrea treu bleiben, doch die Lust ist zu groß und die weiblichen Reize sind zu stark ... und so stürzt er sich in das nächste Abenteuer.

Die fantastische Fortsetzung von „Ich, der Fremdgeher 1". Ein Buch, das Sie nicht mehr loslassen wird, denn tief in Ihnen stecken auch der Trieb, die Lust und die Gier auf Erfüllung all Ihrer sexuellen Wünsche und Fantasien.

ISBN 978-3-8448-7446-4
Books on Demand

Buch-Tipps vom Womanizer

The Womanizer
Ich, der Fremdgeher 3
Die letzten Geheimnisse des Womanizers

Dies ist Teil 3 der spannenden Biografie über das einzigartige Leben und Wirken des Womanizers, eines Mannes, der sich, trotz hübscher Ehefrau und zweier wundervoller Kinder, außertourlich all seine sexuellen Wünsche und Träume erfüllt. Dabei erlebt er das, wovon andere Männer nur träumen.

Diesmal: Sex mit den blutjungen Animateurinnen Grit & Hanna, krasse Abenteuer in der Glory Hole Bar, eine heiße Romanze mit PR-Marketing-Lady Ella, der fantastische Vierer mit den US-Girls Chloe, Madison und Stella, Kindermädchen Magdalena auf Extratour, Erotikmassagen der göttlichen Luisa, Jugenderinnerungen an Raliza, Techtelmechtel mit Praktikantin Aiko, Reinfall mit Frauke, Oh Julia, Andreas geheime Kiste, Ü-50erin Sabrina, Playboy-Lifestyle mit den Hostessen Torrie und Whitney, die scharfe Kerstin, und vieles mehr.

„Ich, der Fremdgeher 3" ist ein explosives und reizvolles Werk, das den Leser fesselt, anregt und erregt. 34 Kapitel voller Sex, Liebe und Leidenschaft, 200 Seiten pure Erotik, das ist die extravagante Welt des Womanizers.

Die geile Fortsetzung von „Ich, der Fremdgeher 1 & 2". Ein Buch, das Sie nicht mehr loslassen wird, denn tief in Ihnen stecken auch der Trieb, die Lust und die Gier auf Erfüllung all Ihrer sexuellen Fantasien.

ISBN 978-3-7460-1524-8
Books on Demand

Buch-Tipps vom Womanizer

The Womanizer
Ich, der Fremdgeher 4
Kostbare Perlen des Womanizers

Mein Leben ist ein Traum! Attraktiv, gesund, glücklich verheiratet, Vater zweier wundervoller Kids, erfolgreicher Businessmann, Top-Verdiener, dazu Dauergast in Betten hübscher Ladies. Das bin ich, der Womanizer!

In meiner Bestseller-Biografie „Ich, der Fremdgeher" haben Sie in den Teilen 1-3 alles über mich, mein Leben, meine Fantasien und meine Taten erfahren. Mein Wirken auf der Überholspur ist grandios. Alle Männer wären gerne wie ich. Über 1.500 Frauen habe ich im Bett gehabt, und es werden immer noch mehr. Ich weiß, mit welchen Tricks ich geile Frauen um den Finger wickeln muss, um von ihnen das zu bekommen, was ich möchte: Sex! Und genauso weiß ich, mit welchen Schlichen ich das alles meiner Gattin Andrea verheimlichen kann.

Für Band 4 habe ich in meiner Schatzkiste gegraben und präsentiere kostbare Perlen des Womanizers: Bezaubernde Damen, mit denen ich heiße Stunden, Tage oder mehr erlebt habe. Von meinen wilden 20ern bis jetzt Anfang 40 habe ich eine knisternde Auswahl zusammengestellt, die Lust auf mehr macht.

Möge mein Lebensstil Sie beflügeln, Ihnen Mut schenken, Sie anspornen, es mir gleich zu tun. Denn Frauen sind dazu da, gevögelt zu werden und den Mann sexuell glücklich zu machen. Nutzen Sie Ihren Schwanz und geben Sie ihm das, was er nun mal braucht: eine hübsche Lady nach der anderen! Ich wünsche Ihnen viel Lese-Spaß mit meinen kostbarsten Perlen, von geilen One Night Stands bis hin zu Sex mit 3 girls on fire. Und vieles, vieles mehr!

ISBN 978-3-7481-4685-8
Books on Demand

Buch-Tipps vom Womanizer

The Womanizer
Ich, der Fremdgeher 5
Heroische Erlebnisse des Womanizers

Heroische Erlebnisse sind es, die ich Ihnen diesmal präsentiere. Dies ist der 5. Band meiner Reihe „Ich, der Fremdgeher". Und immer noch gibt es spannendes Neues zu berichten, der Stoff geht mir nie aus. Wetten sind etwas Geiles, denn mit ihnen kann man Frauen gewinnen und gefügig machen. Auch MILF (Mothers I'd like to fuck) sind etwas Besonderes, da sie meist doppelt hot sind auf ein sündhaftes Abenteuer. Diese beiden Themen bilden den Schwerpunkt dieses Werkes.

Ich bin der legendäre Womanizer. Ach, was habe ich schon gevögelt in meinem Leben! Über 1.500 Ladies sind es bisher, und es werden weiter mehr. Die 2.000 sind knackbar! Und auf welche schönen Momente ich zurückblicken kann: Viele Highlights davon haben Sie bereits gelesen, andere erfahren Sie nun.

Trotz hübscher Gattin und glücklichem Vatersein ist Leben für mich mehr als Familie: Leben ist für mich SEX! Abenteuer! Lust! Trieb! Leidenschaft und Liebe! One Night Stands! Spaß haben und alles mitnehmen, was geht. Bereut habe ich bisher nichts. Ich lebe das Leben, das ich liebe. Auf der Überholspur, in den Betten hübscher Frauen.

In diesem 200-Seiter machen wir eine Zeitreise vom jungen bis hin zum heutigen Womanizer. Ich schenke Ihnen heißeste Sex-Abenteuer und echt heroische Erlebnisse meiner Person, die Sie noch nicht kennen, aber nach dem Lesen nicht mehr missen wollen. Tanken Sie Mut und versuchen Sie mir nachzueifern, denn das Leben kann so verdammt geil und schön sein!

ISBN 978-3-7494-1985-2
Books on Demand

Buch-Tipps vom *Womanizer*

The Womanizer
Ich, der Fremdgeher 6
Das Ende des Womanizers?

Ist dies das Ende des Womanizers? Tja, meine lieben Freunde der Sonne, vielleicht ist das wirklich der letzte Vorhang, der für mich fällt. Meine geliebte Gattin Andrea hat ein „Ehe-Break" gefordert. Sie braucht eine Auszeit, sagt sie, von mir. Aber nicht von dem schönen Haus, das ich gekauft habe. Auch nicht von dem guten Geld, das ich ihr jeden Monat überweise.

Hat sie mich beim Fremdficken erwischt? Nein. Warum dann dieser krasse Schritt von ihr? Keine Ahnung. Frauen sind einfach unberechenbar! Ich muss ausziehen und schwebe in der beschissenen Ungewissheit, ob und wie es mit uns weitergeht. Die armen Kinder! Hat Andrea einen neuen Stecher oder Geldgeber? Geht sie etwa mir fremd? Ich werde es herausfinden.

Gleichzeitig aber lebe ich mein Womanizer-Leben weiter. Jetzt erst recht! Ich poppe Immobilienmaklerin Heidi, gewinne die sexy Fitness-Polizistin Cornelia, verliebe mich in Nutte Agnes, erlebe geniale Erotikmassagen, treffe meine Jugendliebe Yasmin nach 20 Jahren wieder, habe geilen Gruppensex mit der 18-jährigen Daphne und ihren Busenfreundinnen, kämpfe mit der skrupellosen Laetitia um meine Firma, finde in meiner Angestellten Susanna eine heiße Bettgespielin, führe die sexuell blockierte Maren in meine hohe Kunst ein und genieße immer noch eine heiße Affäre mit der geheimnisvollen Tattoo-Frau Jacqueline, kurz Jackie. Ihr seht, langweilig wird mir wirklich nicht.

Aber: Kann ich meine Ehe retten? Wird Andrea ihren Irrsinn beenden? Ich werde alles dafür tun. Drückt mir die Daumen!

ISBN 978-3-7494-3590-6
Books on Demand

Buch-Tipps vom Womanizer

The Womanizer
Sex Bomb
100 Tricks, Frauen ins Bett zu bekommen

DER PLAYBOY TRICK * DER PIANIST TRICK * DER FEUERWEHRMANN TRICK * DER BABYSITTER TRICK * DER 6 RICHTIGE IM LOTTO TRICK * DER BILLARD TRICK * DER MAGISCHE ZETTEL TRICK * DER KINO TRICK * DER HUNDEHALTER TRICK * DER ROTE ROSEN TRICK * DER BARMANN TRICK * DER ZAUBER TRICK * DER CHEFREDAKTEUR TRICK * DER JUNG-FRAU TRICK * DER SPIONAGE TRICK * DER SCHLITTSCHUHLÄUFER TRICK * DER PORNODARSTELLER TRICK * DER MASSEUR TRICK * DER VERFLOS-SENEN TRICK * DER SCARY MOVIE TRICK * DER BUCHAUTOR TRICK * DER FUSSBALLSPIELER TRICK * DER BLIND DATE TRICK * DER KOLLEGIN TRICK * DER FOTOGRAF TRICK * DER GIPS TRICK * DER KONZERT TRICK * DER WETTE TRICK * DER REPORTER TRICK * DER SAUNA TRICK * DER KAMASUTRA TRICK * DER CHARLIE SHEEN TRICK * DER SCHLANGEN TRICK * DER WETTBEWERB TRICK * DER AMATEURPORNO TRICK * DER RESTAURANT CHEF TRICK * DER GEBURTSTAGSPARTY TRICK * DER UM-ZIEH TRICK * DER SCHÖNE FRAU TRICK * DER SHOPPING TRICK * DER CALLBOY TRICK * DER XXL-KONDOM TRICK * DER EBAY TRICK * DER EBAY DELUXE TRICK * DER BETTENKAUF TRICK * DER POKER TRICK * DER ANNA TRICK * DER MASKENBALL TRICK * DER EINKAUFS TRICK * DER EX ONE NIGHT STAND TRICK * DER DJ KUMPEL TRICK * DER POR-SCHE TRICK * DER BORDELL CASTING TRICK * DER BORDELL CASTING DELUXE TRICK * DER SEXSHOP TRICK * DER STILLE TRICK * DER E-MAIL TRICK * DER FACEBOOK PARTY TRICK * DER JOGGER TRICK * DER THER-MEN TRICK * DER ROBINSON CLUB CAMYUVA TRICK * DER 25 ZENTIME-TER TRICK * DER SALTO TRICK * DER TRAUM TRICK * DER COACHING FÜR SINGLES BUCH TRICK * DER 5 DVDS ZUR AUSWAHL TRICK * DER STRAPSE TRICK * DER MASSAGEKURS TRICK * DER VISITENKARTEN TRICK * DER WITZE TRICK * DER TAGEBUCH TRICK * DER VIBRATOR TRICK * DER SPIRITUELLE TRICK * DER TANZ TRICK * DER WELTREKORD TRICK * DER POLEN TRICK * DER 10 MINUTEN TRICK * DER VERLASSE-NEN TRICK * DER PFIFFIGE TRICK * DER SCHLAF MIT MIR TRICK * DER SCHAUSPIELFREUNDIN TRICK * DER GANZKÖRPERMASSAGE TRICK * DER FLOATING TRICK * DER ZUCKERWATTE TRICK * DER BUTLER TRICK * DER KÄLTE TRICK * DER PROMIFOTO TRICK * DER STEWARDESS TRICK * DER RETROSPEKTIVE TRICK * DER KUMPEL TRICK * DER CHEF TRICK * DER KAJAK TRICK * DER SCHWESTER TRICK * DER WEIHNACHTSMANN TRICK * DER PUTZFRAU TRICK * DER GESCHENK TRICK * DER SPRICH MICH AN TRICK * DER SADOMASO TRICK * DER ZAHLEN TRICK * DER SPEED-DATING TRICK

ISBN 978-3-8448-0574-1
Books on Demand

Buch-Tipps vom Womanizer

The Womanizer
Meine heißesten Sex-Abenteuer

The Womanizer präsentiert seine allerheißesten Sex-Abenteuer! Nach dem Erfolg seiner Bestseller „Ich, der Fremdgeher Band 1-6" ist dies ein weiteres Meisterwerk des Mannes, der schon über 1.500 Frauen im Bett hatte und als Casanova des 21. Jahrhunderts in die moderneren Geschichtsbücher eingehen wird.

Hier schildert er seine geilsten und heißesten Sex-Erlebnisse der letzten 10 Jahre seines aufregenden Lebens und Tuns: Barbara, Teresa, Mary, Iris, Tammy, Rimma, Caro, Lucy, Paula, Jenny, Gabi, Denise, Raliza, Katja, Angie, Anja, Jana, Celine und Alicia heißen die Damen, die The Womanizer für dieses Best of ausgewählt hat.

Jedes dieser Abenteuer zählt zu seinen Favourites. Tauchen Sie ein in die Welt und den Körper des Womanizers und erleben Sie mit ihm seine heißesten Sex-Abenteuer – live und hautnah, uncensored und geil, prickelnd und erlösend.

Spüren Sie die Zärtlichkeiten, den Sex, die Erotik, die Lust und die Leidenschaft, die dieses Buch zu einem interaktiven Lesevergnügen machen. The Womanizer wünscht Ihnen viel Freude mit „Meine heißesten Sex-Abenteuer"!

ISBN 978-3-8448-1952-6
Books on Demand

Buch-Tipps vom Womanizer

The Womanizer
SEXSÜCHTIG!
(M)EINE FRAU IST NICHT GENUG

(M)EINE FRAU IST NICHT GENUG – das ist die Philosophie, das Lebensmotto des Womanizers! Nach seinen vielen Bestseller-Büchern präsentiert der Playboy des 21. Jahrhunderts sein Werk „*SEXSÜCHTIG!*", in dem er die wundervolle Beziehung zu seiner Ehefrau Andrea beschreibt und gleichzeitig über seine geilsten Seitensprünge intimst Auskunft gibt.

Erfahren Sie mehr über den Mann, der schon über 1.500 Frauen im Bett hatte, und seine heißen Sex-Abenteuer mit Isabel, Simone, Carmen, Melly, Sandy, Samira, Michèle, Bianca, Lena, Silke, Lolita und Wendy. Megaerotisch und anregend sind seine Schilderungen von Liebe, Sex und Zärtlichkeit, Lust und Leidenschaft, Gier und Verlangen.

(M)EINE FRAU IST NICHT GENUG – der Drang nach neuen Erfahrungen, nach jungen, schönen Körpern und tabulosen Mädels ist groß. Und die Mädels sind willig. The Womanizer nimmt sie gerne, aber nur die Besten! Und was die so alles können, erfahren Sie in diesem Buch!

ISBN 978-3-8482-0035-1
Books on Demand

Buch-Tipps vom *Womanizer*

The Womanizer
Sexy!
Memoiren eines Playboys

Tauchen Sie ein in eine Welt voller Lust, Leidenschaft, Sex und Erotik! The Womanizer präsentiert seine Memoiren und berichtet von seinen geilsten Sex-Abenteuern mit blutjungen, bildhübschen 18-jährigen Mädchen bis hin zu 43-jährigen, reifen Damen.

Sie alle sind ihm hilflos verfallen und finden einen Ehrenplatz in diesem Werk, das durch intimste Schilderungen und faszinierende Erlebnisse überzeugt.

„Sexy!" ist ein interaktives Lesevergnügen – der Womanizer erzählt seine Begegnungen hautnah und lebendig, als wären Sie persönlich dabei. Freuen Sie sich auf 24 Ladies und ihre Traumkörper, ihre Lust und Gier nach einem Mann, der sie glücklich macht.

Anhand seiner extraorbitanten Leistungen ist The Womanizer zweifelsohne DER Playboy des laufenden 21. Jahrhunderts. Wir sagen: Viel Spaß beim Lesen und Genießen dieses Buches!

ISBN 978-3-8482-0153-2
Books on Demand

Buch-Tipps vom Womanizer

The Womanizer
Verbotene Lust!
Sex ist mein Leben

In „Verbotene Lust!" führe ich Sie in meine geile Vergangenheit und präsentiere einige Raritäten und Perlen meiner sexuellen Lust. Da ich meine Abenteuer dokumentiere, weiß ich exakt Bescheid und kann detailgenau das schildern, was ich erlebe, wovon andere Männer nur träumen.

Auch wenn diese Lust eigentlich „verboten" ist, so ist sie für mich normal. Ich sehe nichts Schlimmes daran, dass ich mich sexuell auslebe und mir meinen Spaß auch in anderen Betten hole. Ich verletze meine Ehefrau Andrea ja nicht, sie kennt halt nur nicht die volle Wahrheit. Und die wird sie auch nie erfahren.

Freuen Sie sich auf meine sexuellen Abenteuer mit der Therapeutin Silva, das Maskenball-Spektakel, den sensationellen Vierer mit Kylie, Nele und Helene, die Sex-Toy-Verkäuferin Cathy, die Praktikantin Kerstin, das 18-jährige Kindermädchen Magda, und auf vieles mehr.

Sex ist mein Leben, daher werde ich stets die „Verbotene Lust" mitnehmen, leben und genießen, denn ich bin und bleibe The One & Only Womanizer!

ISBN 978-3-7460-4353-1
Books on Demand

Buch-Tipps vom Womanizer

The Womanizer
Meine besten Dreier
2 Ladies & The Womanizer

Was für viele Männer ein ewiger, unerfüllter Traum bleibt, ist für mich geile Realität: der sagenumwobene flotte Dreier! Ach, wie oft schon habe ich 2 Frauen gleichzeitig im Bett gehabt und sensationelle Stunden mit ihnen erlebt. Wenn auf einmal 4 Hände und 2 Münder loslegen und ihr Bestes geben, dann sieht man die Sterne funkeln.

Nach meinen Verkaufsschlagern „Ich, der Fremdgeher" Band 1-6 sowie diversen Specials ist es an der Zeit, der großen Nachfrage gerecht zu werden und den Spot auf meine allerbesten Dreier zu lenken. Hierbei gilt das Gesetz: Wenn ich Gruppensex habe, bin ich der einzige Mann! Platz für einen zweiten Mann gibt es dabei nicht. Und die Frauen, mit denen ich es treibe, müssen hübsch und geil sein. Sexhungrig und offen für alles.

Wenn meine geschätzte Frau Andrea von meiner Dreier-Leidenschaft wüsste, würde sie mich umbringen. Nun ja, einmal hat sie ja selbst mitgemacht, mit der süßen Lena. Dieser ganz besondere Dreier wird ausführlich im Werk behandelt und erhält als Abschlusskapitel den Ehrenplatz. Aber sonst bin ich für Andrea ein liebender, treuer und einfach der perfekte Ehemann und Partner. Bin ich ja auch, bis auf das mit der Treue …

Lassen Sie sich eines versichern: Wenn Sie bisher noch keinen Dreier mit 2 Frauen erlebt haben, Sie Armer, dann haben Sie wirklich etwas Ultimatives verpasst!

ISBN 978-3-7528-3132-0
Books on Demand

Buch-Tipps vom Womanizer

The Womanizer
Geile 18
Jung, Schön, Sexy & Versaut

Die Zahl 18 ist eine magische, denn sie beschreibt die Eigenschaften, die mir an Frauen wichtig sind: Jung, Schön, Sexy & Versaut! Ich spreche von Göttinnen, die soeben die Grenze vom Mädchen zur Frau überschritten haben und sich in einem überaus reizvollen Alter befinden.

Wenn ein Mädchen endlich volljährig wird, steht sie mir offen. Yeah! Ihre süßen, noch mädchenhaften Rundungen, ihr straffer, faltenfreier Körper, ihr naiver, unschuldiger Blick – all das verführt mich ungemein. Noch mehr verführen mich die 18-jährigen Luder, die es darauf anlegen. Die um Analsex betteln, Fesselspiele beherrschen, Sperma genüsslich schlucken und genau wissen, wie sie mich genial befriedigen können. Die mit 18 bereits alle Tabus abgelegt haben, um im Bett ihre und meine Erfüllung zu erleben.

Als Mann Ende 30, mit der tollen Andrea verheiratet und Vater zweier wundervoller Kinder, als renommierter Produzent und Gutverdiener, ist es mir eine Ehre, auch heute noch mir das zu holen, was ich will. Sexuell. In meinem Leben habe ich bereits über 1.500 Frauen im Bett gehabt, davon waren sicher 100 dabei, die Sweet Little Eighteen waren.

Aufgrund großer Nachfrage habe ich meine besten sexuellen Erlebnisse mit 18-jährigen Girls zusammengestellt. Und dabei festgestellt: Ein Buch reicht dafür nicht aus! Daher kündige ich jetzt schon eine Fortsetzung dieses Werkes an.

ISBN 978-3-7528-8060-1
Books on Demand

Buch-Tipps vom *Womanizer*

The Womanizer
Supergeile 18
So Jung, Schön, Sexy & Versaut

18 ist eine magische Zahl, denn sie beschreibt die Eigenschaften, die mir an Frauen wichtig sind: So Jung, Schön, Sexy & Versaut! Die Rede ist von Göttinnen, die soeben die Grenze vom Mädchen zur Frau überschritten haben und sich in einem überaus reizvollen Alter befinden.

Wenn ein Mädchen endlich volljährig wird, steht sie mir offen. Yeah! Ihre süßen, noch mädchenhaften Rundungen, ihr straffer, faltenfreier Körper, ihr naiver, unschuldiger Blick – all das verführt mich ungemein. Noch mehr verführen mich die 18-jährigen Luder, die es darauf anlegen. Die um Analsex betteln, das Fesselspiel beherrschen, Sperma schlucken und genau wissen, wie sie mich befriedigen können. Die mit 18 bereits alle Tabus abgelegt haben, um im Bett ihre und meine Erfüllung zu erleben.

Als Mann Ende 30, mit der tollen Andrea verheiratet und Vater zweier wundervoller Kinder, als renommierter TV-Produzent und Gutverdiener, ist es mir eine Ehre, auch heute noch mir das zu holen, was ich möchte. Sexuell. In meinem Leben habe ich bereits über 1.500 Frauen im Bett gehabt, davon waren sicher 100 dabei, die Sweet Little Eighteen waren.

Aufgrund großer Nachfrage habe ich meine besten sexuellen Erlebnisse mit 18-jährigen Girls zusammengestellt. Und festgestellt: Ein Buch reicht dafür nicht aus! Dies ist Teil 2, die Fortsetzung von „Geile 18"! Auf geht´s in einen supergeilen Liebesstrudel, denn sie sind So Jung, Schön, Sexy & Versaut!

ISBN 978-3-7528-2472-8
Books on Demand

Buch-Tipps vom Womanizer

The Womanizer
Meine aufregendsten One Night Stand
Frauen, die ich nie vergessen werde

SEX ist mein Leben! Über 1.500 Ladies zwischen 18 und 50 habe ich bisher im Bett gehabt. Als liebevolle Mutter meiner Kinder ist meine langjährige Partnerin und Ehefrau Andrea immer noch meine absolute Traumfrau, der Sex mit ihr ist toll.

Dennoch, glücklich in Beziehung und erfolgreich im Beruf, wie ich es bin, brauche ich die Abwechslung im Bett, damit meine ich nicht die Bettwäsche, sondern Damen. One Night Stands sind ein probates Mittel, um unverbindlich und fröhlich sein Vergnügen zu erzielen. Viel einfacher als eine Affäre.

Ich bin Profi, was One Night Stands angeht. Zu viele habe ich schon erlebt und erlebe sie weiterhin, dass ich genau weiß, wie ich eine Frau, die ich geil finde, in mein Bett und von ihr Sex bekomme.

Für dieses Best of habe ich mich für die aufregendsten One Night Stands meines Lebens entschieden, mit Frauen, die ich niemals vergessen werde. Lassen Sie sich inspirieren von meinen Taten, tauchen Sie ein in den Körper des Womanizers, und ab geht die Bett-Post!

ISBN 978-3-7528-4102-2
Books on Demand

Buch-Tipps vom *Womanizer*

The Womanizer
Meine aufregendsten One Night Stand 2
Frauen, die ich niemals vergesse

SEX ist mein Leben!! Über 1.500 Ladies zwischen 18 und 50 habe ich bisher in meinem Bett gehabt. Als liebevolle Mutter meiner beiden Kinder ist meine langjährige Partnerin Andrea immer noch meine absolute Traumfrau.

Dennoch, glücklich in Beziehung und erfolgreich im Beruf, wie ich es bin, brauche ich ständige Abwechslung im Bett, und damit meine ich nicht Bettwäsche, sondern Damen. ONS, One Night Stands, sind ein probates Mittel, um unverbindlich sein Vergnügen zu erzielen. Viel einfacher als eine Affäre.

Ich bin Profi, was One Night Stands angeht. Zu viele habe ich schon erlebt, dass ich genau weiß, wie ich eine Frau, die ich geil finde, ins Bett und von ihr Sex bekomme.

Für dieses Best of habe ich mich für die aufregendsten ONS meines Lebens entschieden, mit Frauen, die ich niemals vergesse. Ich wünsche Ihnen viel Freude mit meinen allergeilsten One Night Stands Teil 2!

ISBN 978-3-7460-4936-6
Books on Demand

Buch-Tipps vom Womanizer

The Womanizer
In MILF Paradise
Extravagante sexuelle Erlebnisse mit scharfen Müttern

MILF (Mothers I´d like to fuck) sind etwas Exklusives, denn sie sind sexy, rattenscharf und geil. Ich habe in meinem Leben bereits über 1.500 Frauen im Bett gehabt, Dutzende waren horny MILF. Viele davon verheiratet, einige Single. Die jüngste MILF war 18, die älteste 47.

In diesem Werk habe ich meine extravagantesten sexuellen Erlebnisse mit ebendiesen lasziven Müttern und Kindshüterinnen zusammengestellt. Meine Frau Andrea ist nach wie vor unwissend meines wilden Treibens. Ihr bin ich der perfekte Gatte und liebevolle Vater unserer 2 Kinder. Doch so sehr ich meine Frau liebe, treu sein kann und will ich ihr einfach nicht.

Das Projekt „In MILF Paradise" entstand durch mein sensationelles Erlebnis mit Kollegin Nina, 23-jährige Mutter des kleinen Anton (2). Nina war der helle Wahnsinn! Ihr gebührt daher auch der Startplatz. Freuen Sie sich auf meine geilsten Affären mit MILF-Mothers, die auch Sie ficken würden. Ich wünsche Ihnen viel Freude und Anregung beim Studieren und Lesen!

ISBN 978-3-7481-9116-2
Books on Demand

Buch-Tipps vom *Womanizer*

The Womanizer
Besiegt, Erobert & Geliebt
Wie ich Frauen über Wetten zum Sex bekomme

„Wetten, dass..?" – Wer kennt sie nicht, die einzigartige ZDF-Samstagabendshow, die knapp 35 Jahre lang die Welt erfüllte. Spektakuläre Wetten wurden durchgeführt. Wetten spielen auch in my life eine große Rolle. Ich wette sehr gerne! Weil ich dadurch schon viele Frauen rumbekommen habe.

In vorliegendem Werk habe ich meine heißesten Sexgeschichten zusammengestellt, die ich mir erspielt habe. „Besiegt, Erobert & Geliebt" lautet diesmal das Motto. In der Regel bekomme ich Frauen so. Über 1.500 habe ich bereits im Bett gehabt, bald knacke ich die 2.000. Einige von ihnen musste ich aber ein wenig überzeugen, um es mit mir zu tun. Und hier kommen die Wetten ins Spiel.

Man muss Frauen nur eine reizvolle Wette anbieten, mit einem Gewinn für sie. Man muss sie auch am Ego packen. 7 geniale „Besiegt, Erobert & Geliebt"-Erlebnisse warten hier auf Sie. Sie sollen Sie inspirieren und Ihnen zeigen, welche Tricks mir halfen, die Nuss doch noch zu knacken.

ISBN 978-3-7528-9408-0
Books on Demand

Buch-Tipps vom Womanizer

The Womanizer
Meine wildesten Erlebnisse
Wenn Träume Wirklichkeit sind

Der Womanizer ist back, mit seinen wildesten Sex-Erlebnissen im Gepäck. Wir blicken auf Highlights meiner Laufbahn. Yasmin, die als Teenager in mich verliebt war. Gut 20 Jahre später kommt es zur sexuellen Reunion.

In Irland hatte ich in 14 Tagen 3 Frauen. Meine Gattin Andrea war früher auch nicht ohne: Was ich in ihrer „Magic Box" fand, war brisantes Sex-Material. Ich interessierte mich für die Nutte Agnes, doch es kam alles ganz anders. Tinder-Fick: Janka war eine krasse Lady mit krassen Vorlieben. Und was ich mit meiner älteren Schwester erlebt habe, sollte ich besser für mich behalten.

Ich bin Fan von sinnlichen, erotischen Massagen. So gerne lasse ich mir dort meine Palme wedeln. Als Blue Man Sex zu haben, wer kann das schon behaupten? Dann darf die 19-jährige süße Quirina nicht fehlen, Tochter meines Ex-Chefs. Es sind 112 Seiten Erotik und wilde Sex-Erlebnisse, die Dich anregen sollen, es mir gleich zu tun. Live sex and enjoy life!

ISBN 978-3-7504-9750-4
Books on Demand

Buch-Tipps vom Womanizer

The Womanizer
AusgeSEXt
Das End meines Glücks?

Ist dies das Ende des Womanizers? Meine geliebte Ehefrau Andrea hat mich rausgeschmissen und verlangte eine Auszeit. Ich organisierte mir eine Mietwohnung und ließ es krachen. Gott sei Dank nahm mich Andrea nach einem halben Jahr wieder zurück. Glück gehabt!

Während dieser heiklen Phase poppte ich so einiges: Daphne (18) hatte sich über den Wendler-Komplex in mich verliebt. Mit ihren sexy Schulfreundinnen vernaschte sie mich gleich mehrmals. Heidi war nicht nur meine Immobilienmaklerin, auch eine gute Gespielin im Bett. Der sexuell blockierten Maren erteilte ich Lektionen in Lust und Leidenschaft. Die reizvolle Tattoo-Lady Jackie (34) verführte mich mit ihrem Körperschmuck.

Cornelia und Leonie angelte ich mir für einen flotten Dreier und mehr. Sonja war für mich unerreichbar. Also trickste ich und machte sie gefügig. Käuflich bin ich nicht. Das musste die erfolgreiche Geschäftsfrau Laetitia erkennen. Statt meiner Firma ließ ich sie etwas anderes schlucken. Und mein Business-Trip nach Holland brachte mich mit Susanna zusammen. Eines steht fest: AusgeSEXt habe ich noch lange nicht!

ISBN 978-3-7494-3471-8
Books on Demand